| 16 | 3  | 2  | 13 |
|----|----|----|----|
| 5  | 10 | 11 | 8  |
| 9  | 6  | 7  | 12 |
| 4  | 15 | 14 | 1  |

Coleção LESTE

# Vladímir Maiakóvski

## MISTÉRIO-BUFO
Representação heroica, épica e satírica de nossa época

*Tradução, posfácio e notas*
*Arlete Cavaliere*

editora■34

EDITORA 34

Editora 34 Ltda.
Rua Hungria, 592  Jardim Europa  CEP 01455-000
São Paulo - SP  Brasil  Tel/Fax (11) 3811-6777  www.editora34.com.br

Copyright © Editora 34 Ltda., 2012
Tradução © Arlete Cavaliere, 2012

A FOTOCÓPIA DE QUALQUER FOLHA DESTE LIVRO É ILEGAL E CONFIGURA UMA
APROPRIAÇÃO INDEVIDA DOS DIREITOS INTELECTUAIS E PATRIMONIAIS DO AUTOR.

Título original:
*Mistiéria-buff*

Imagem da capa:
*Detalhe do cartaz de Mikhail Tcheremnikh para a*
*Agência Telegráfica Russa (ROSTA), 1920, linogravura, 53 x 42 cm*

Capa, projeto gráfico e editoração eletrônica:
*Bracher & Malta Produção Gráfica*

Revisão:
*Alberto Martins, Lucas Simone, Cecília Rosas*

1ª Edição - 2012 (1ª Reimpressão - 2020)

CIP - Brasil. Catalogação-na-Fonte
(Sindicato Nacional dos Editores de Livros, RJ, Brasil)

|  |  |
|---|---|
| M724m | Maiakóvski, Vladímir, 1893-1930 |
|  | Mistério-bufo / Vladímir Maiakóvski; tradução, posfácio e notas de Arlete Cavaliere. |
|  | — São Paulo: Editora 34, 2012 (1ª Edição). |
|  | 200 p.  (Coleção Leste) |
|  | Tradução de: Mistiéria-buff |
|  | ISBN 978-85-7326-508-8 |
|  | 1. Teatro russo. I. Cavaliere, Arlete. II. Título. III. Série. |

CDD - 891.72

# MISTÉRIO-BUFO

*Nota à presente edição* ............................................... 7

### MISTÉRIO-BUFO

Nota do autor ............................................ 11
Personagens ............................................. 13
Lugares da ação ........................................ 17
Prólogo ................................................... 19
Primeiro ato ............................................ 23
Segundo ato ............................................ 47
Terceiro ato ............................................. 89
Quarto ato .............................................. 105
Quinto ato .............................................. 119
Sexto ato ................................................ 133

*O teatro de Maiakóvski: mistério ou bufo?*
Arlete Cavaliere ............................................ 153

# Nota à presente edição

A presente tradução da peça *Mistério-bufo* de Vladímir Maiakóvski toma como base a segunda versão do texto, redigida em 1920 e encenada em Moscou, por Vsiévolod Meyerhold, em comemoração ao 1º de maio de 1921. Tanto a primeira variante do texto, escrita em 1918 e encomendada a Maiakóvski para os festejos do primeiro aniversário da Revolução de Outubro, como esta segunda versão provocaram críticas, polêmicas e debates estrepitosos. Por suas tendências políticas e seu caráter debochado, ambas representações cênicas foram na época acusadas de serem "inapropriadas para as massas".

Nesta segunda versão da peça, inédita entre nós, o dramaturgo atualiza o texto com a inclusão dos últimos acontecimentos históricos e as circunstâncias políticas da recém-criada sociedade soviética. O texto foi traduzido do original russo que integra as *Obras completas reunidas* do autor em treze tomos (*Pólnoie sobránie sotchiniénia*, Moscou, Khudójestvenaia Literatura, 1958).

Para chegar à versão final em língua portuguesa contei com a colaboração e as sugestões valiosas de alguns interlocutores, aos quais agradeço o estímulo para levar a termo esta complexa, paciente e sedutora operação tradutória da poética teatral de Maiakóvski: a Dmitri Guriévitch, linguista e professor da Universidade de Moscou, pelas inúmeras consultas de assessoria filológica, a Aurora Fornoni Bernardini, primeira leitora atenta do texto em português, e à equipe da Editora 34, particularmente a Alberto Martins e Lucas Simone, pelo diálogo meticuloso ao longo da edição deste livro.

*Arlete Cavaliere*

# MISTÉRIO-BUFO
Representação heroica, épica e satírica de nossa época

(1920-1921)

# Nota do autor

*Mistério-bufo* é a estrada. A estrada da revolução. Ninguém poderia prever com exatidão que montanhas teremos ainda de explodir, nós que percorremos esta estrada. Hoje a palavra Lloyd George[1] perfura os ouvidos, mas amanhã os próprios ingleses esquecerão seu nome. Hoje na Comuna irrompe a vontade de milhões, mas dentro de cinquenta anos, talvez, naves espaciais atacarão impetuosamente planetas longínquos.

Por isso, mantida a estrada (a forma), modifiquei de novo partes da paisagem (o conteúdo).

No futuro, todos aqueles que forem representar, encenar, ler, publicar *Mistério-bufo*, que mudem o conteúdo, façam-no contemporâneo, atual, imediato.

*Vladímir Maiakóvski*

---

[1] Lloyd George (1863-1945), primeiro-ministro britânico entre 1916 e 1922. Foi o último membro do Partido Liberal a ocupar o cargo, embora possuísse uma base e uma agenda política predominantemente conservadoras. (N. da T.)

# Personagens

## 1. Sete pares de PUROS:

1. O NEGUS abissino
2. Um RAJÁ hindu
3. Um PAXÁ turco
4. Um ESPECULADOR russo
5. Um CHINÊS
6. Um PERSA corpulento
7. CLEMENCEAU[2] [também chamado FRANCÊS]
8. Um ALEMÃO
9. Um PADRE
10. Um AUSTRALIANO
11. Uma AUSTRALIANA, mulher do australiano
12. LLOYD GEORGE [também chamado INGLÊS]
13. Um AMERICANO
14. Um DIPLOMATA

## 2. Sete pares de IMPUROS:

1. Um SOLDADO DO EXÉRCITO VERMELHO
2. Um LANTERNEIRO
3. Um CHOFER
4. Um MINEIRO

---

[2] Georges Clemenceau (1841-1929), médico, jornalista e estadista francês. Foi primeiro-ministro de 1906 a 1909, e novamente entre 1917 e 1920. (N. da T.)

Mistério-bufo

5. Um CARPINTEIRO

6. Um CAMPONÊS

7. Um CRIADO

8. Um FERREIRO

9. Um PADEIRO

10. Uma LAVADEIRA

11. Uma COSTUREIRA

12. Um MAQUINISTA

13. Um ESQUIMÓ PESCADOR

14. Um ESQUIMÓ CAÇADOR

3. Um CONCILIADOR

4. INTELECTUAIS

5. A DAMA com as caixas de papelão

6. Os DIABOS:
1. BELZEBU
2. O DIABO-MOR
3. O DIABO ORDENANÇA
4. O SEGUNDO ORDENANÇA
5. O SENTINELA
6. Vinte PUROS com chifres e rabos

7. Os SANTOS:
1. MATUSALÉM
2. JEAN-JACQUES ROUSSEAU
3. LEV TOLSTÓI
4. GABRIEL
5. Um ANJO
6. Um SEGUNDO ANJO
7. ANJOS

8. JEOVÁ

9. Personagens da terra prometida:
    1. Um MARTELO
    2. Uma FOICE
    3. MÁQUINAS
    4. TRENS
    5. AUTOMÓVEIS
    6. Uma PLAINA
    7. TORQUESES
    8. Uma AGULHA
    9. Uma SERRA
    10. Um PÃO
    11. SAL
    12. AÇÚCAR
    13. TECIDO
    14. Uma BOTA
    15. Uma ALAVANCA

10. O HOMEM do futuro

# Lugares da ação

1. Todo o universo

2. A arca

3. O inferno

4. O paraíso

5. O país dos despojos

6. A terra prometida

# Prólogo

UM IMPURO

> Dentro de um minuto
> Vocês vão ver...
> Mistério-bufo.
> Duas palavras devo dizer:
> é algo novo.
> Para dar um pulo mais alto que a cabeça
> é necessária a ajuda de alguém.
> Diante de uma nova peça
> um prólogo sempre vai bem.
> Primeiro,
> por que o teatro está todo revirado?
> Isto vai deixar
> os bons cidadãos muito indignados.
> Ora, para que se vai ao teatro?
> Para ter algum prazer, não é fato?
> Mas esse prazer é suficiente
> se ele está no palco somente?
> O palco é apenas um terço do todo.
> Quer dizer,
> num espetáculo interessante,
> se tudo se faz bem,
> três vezes prazer você tem,
> mas agora,
> se não é interessante o que se vê em cena

então nem um terço
vale a pena.
Para os outros teatros
representar não é importante:
para eles o palco é
o buraco da fechadura.
Sentado, calado, passivo,
de frente ou de banda,
você espia a vidinha alheia.
Espia e vê
cochichar no sofá
tias Machas e tios Vânias.
A nós não interessam
nem tios nem tias,
tia e tio você tem em casa.
Nós também vamos mostrar a vida real,
mas transformada
num extraordinário espetáculo teatral.
No primeiro ato é o seguinte o essencial:
a terra está pingando.
Depois há um estrondo.
Todos fogem do dilúvio revolucionário.
Sete pares de impuros
e de puros sete pares.
Isto é,
quatorze proletários-indigentes
e quatorze senhores burgueses,
e, no meio deles,
um menchevique com um par de bochechinhas chorosas.
O polo inunda.
Desmorona o último refúgio.
E todos começam a construir
não uma arca,
mas um arquefúgio.

No segundo ato
o público todo viaja na arca:
lá vai a monarquia absoluta,
e a democrática república,
e, por fim,
sob os altos brados mencheviques
os puros são postos mar afora.
No terceiro ato vai se ver
que o trabalhador
não tem nada a temer
nem mesmo o diabo no inferno a tremer.
No quarto
ria até rachar!
o paraíso vamos desvendar.
O quinto ato é a ruína completa
e boquiaberta
arruína, devora.
Apesar de trabalharmos com a pança vazia,
a ruína foi enfim por nós vencida.
O sexto ato
é a comuna,
a sala toda
aos berros uma canção entoa tão bem!
Abram bem os olhos, hein!

Tudo pronto?
O inferno?
O paraíso?

VOZ (*atrás do palco*)
P-r-o-n-t-o!

IMPURO
Manda ver!

Mistério-bufo

# Primeiro ato

*O globo terrestre sob a luz da aurora boreal e o polo apoiado no chão gelado. Por todo o globo, os cabos das latitudes e das longitudes são cruzados por escadas. Entre duas morsas que sustentam o mundo, um esquimó caçador, com o dedo enfiado na terra, grita a um outro, que está deitado à sua frente, junto da fogueira.*

CAÇADOR
Ei! Ei!

PESCADOR
Gritão.
Não tem mais o que fazer
do que meter o dedo na terra?

CAÇADOR
Um buraco!

PESCADOR
Cadê o buraco?

CAÇADOR
Está pingando!

PESCADOR
O que é que está pingando?

Mistério-bufo

CAÇADOR
A terra!

PESCADOR (*pula e vem correndo espiar por debaixo do dedo que está tapando*)
O-o-o-o-h!
Isso é que é trabalho sujo!
Vejo a mão do dito cujo!
Vou já avisar o círculo polar.

(*Ele sai correndo. Numa encosta do mundo dá de encontro com um alemão que está torcendo as mangas. Procura um botão por um segundo e, não encontrando, agarra a pele do casaco*)

ALEMÃO
*Herr* esquimó!
*Herr* esquimó!
É muito urgente!
Um minutinho...

PESCADOR
E aí?

ALEMÃO
E aí
que eu estava hoje num restaurante da Friedrichstrasse.[3]
O sol pela janela
piscava em sedução.
E o dia,
como burguês antes da revolução,
brilhava como *strass*.

[3] Rua na região central de Berlim. (N. da T.)

Vladímir Maiakóvski

O público lá estava
a fofocossurrar.
A sopa engolida,
olho para as garrafas-torre Eiffel.
Penso:
que bife haverei de comer?
E por acaso há de ser bife?
Olho,
e o almoço fica entalado na garganta:
tem algo de errado com a Alameda da Vitória.
Os Hohenzollern[4] de pedra
sempre em meio a margaridas,
de repente voam pelos ares.
Zum-zum.
Num instante, alcanço o telhado.
Ao redor do esqueleto da taverna
rodopia uma maré seca,
correria geral,
inundação total.
Em Berlim, o delírio marítimo ronda,
notas graves de invisíveis ondas.
E para trás,
e para cima,
e para baixo,
e para a frente,
só casas-cascos!

---

[4] *Siegesallee* [Alameda da Vitória] foi uma avenida, localizada em Berlim, que cortava o Tiergarten, a partir do Reichstag, em direção ao norte da cidade. Em 1895, o imperador Guilherme II encomendou cem estátuas de mármore que simbolizavam diversas figuras da história alemã para adorná-la de ambos os lados. Em 1938, a mando de Hitler, as estátuas foram transportadas para outra avenida, mas a grande maioria delas foi destruída durante a Segunda Guerra Mundial. (N. da T.)

E antes que eu pudesse ruminar uma ideia,
se isto vem do Foch[5] ou...

PESCADOR

Vai logo!

ALEMÃO

Molhado
até o último fio.
Olho
e tudo está seco,
mas escorre, e escorre, e corre.
De repente,
abre-se um quadro pomposo:
Pompeia destruída,
Berlim arrancada pela raiz,
e desmanchada no abismo
da fornalha incandescente do universo.
Acordo no cume de ondas das aldeias.
Junto toda minha experiência do clube de iatismo, —
e aqui está
diante de você,
tudo o que restou da Europa, queridíssimo.

PESCADOR

Não... é muito...

ALEMÃO

Claro, isso vai se acalmar...
Um ou dois dias mais.

---

[5] Referência a Ferdinand Foch (1851-1929), marechal francês que teve participação decisiva na vitória francesa na Primeira Guerra Mundial. (N. da T.)

PESCADOR
Vai, vai, vê se fala sem esse lengalenga europeu!
Qual é? Aqui não é lugar para cheiro seu!

ALEMÃO (*mostrando horizontalmente*)
Permita que eu fique ao lado
de vossas mui estimadas focas.

(*O pescador irritado indica a fogueira, vai em direção ao outro lado
avisar o Círculo e dá de encontro com uns australianos ensopados que vêm
correndo da outra encosta...*)

PESCADOR (*recuando surpreso*)
Mas que caras nojentas têm esses humanos!

AUSTRALIANO e AUSTRALIANA (*juntos*)
Somos australianos.

AUSTRALIANO
Sou australiano.
Tínhamos de tudo um pouco:
palmeira, porco-espinho, cacto, ornitorrinco...

AUSTRALIANA (*aos prantos*)
Mas agora
estamos perdidos,
tudo está perdido:
os cactos,
os ornitorrincos,
as palmeiras.
Tudo afundou...
tudo está no fundo...

Mistério-bufo

PESCADOR (*mostrando o alemão estirado*)
Fique ao lado dele.
Ele está só no mundo.

(*Preparando-se para partir de novo, o esquimó se detém ao ouvir duas vozes que vêm dos dois lados do globo terrestre*)

PRIMEIRA VOZ
Lá vai o chapéu da cachola!

SEGUNDA VOZ
Lá vai minha cilíndrica cartola!

PRIMEIRA VOZ
Está forte!
Segura na latitude norte!

SEGUNDA VOZ
Que loucura!
Agarra na longitude sul!

(*O inglês e o francês escorregam globo terrestre abaixo através dos cabos da latitude e da longitude. Cada um deles finca a sua bandeira nacional*)

INGLÊS
A bandeira está fincada.
Dessa terra nevada serei proprietário absoluto.

FRANCÊS
Não, queira desculpar!
Aqui eu cheguei antes.
Esta colônia será meu reduto!

INGLÊS (*expondo algumas mercadorias*)
Não, é meu.
Já abri o meu bazar.

FRANCÊS (*começando a se irritar*)
Não, nada disso.
Vá outra colônia procurar.

INGLÊS (*irritando-se*)
Ah! É assim?!
Quero que você morra!

FRANCÊS (*irritando-se*)
Ah! É assim?!
Vou enfiar a mão na sua cara!

INGLÊS (*dando socos no francês*)
Salve a Inglaterra!

FRANCÊS (*dando socos no inglês*)
*Vive la France*!

AUSTRALIANO (*atirando-se para apartar*)
Que gente!
Nem gente é, mas pura gentalha vigarista:
já não há impérios
nem imperadores à vista,
mas eles dão um na cara do outro.

PESCADOR
Aí, hein, seus imperialistas!

ALEMÃO
Deixa pra lá, isso não é nada!

Mistério-bufo

PESCADOR

Não passam de uma cambada!

(*Cai o comerciante bem em cima da cabeça do esquimó que se pre-parava para sair*)

COMERCIANTE

Meus veneráveis, que azia!
Isto aqui é uma falácia!
Por acaso estamos na Ásia?
Resolução do Soviete do Céu: "aniquilar a Ásia".
E eu nunca na vida asiático fui!

(*Tranquilizando-se um pouco*)

Ontem em Tula
estava sentado muito tranquilo numa cadeira,
quando a porta se abre!
Ih! Pensei:
é da Tcheká!
E vocês sabem que coisa é essa,
pois fiquei pálido e fui checar.
Mas
Deus é bento:
não era a Tcheká, era só o vento.
Gotejou um pouco,
depois começou,
depois ainda mais,
e mais e mais alto,
jorrou para as ruas,
arrancou os telhados...

TODOS

Mais baixo!
Mais baixo!

FRANCÊS

Está ouvindo?
Está ouvindo este uivo?

MUITAS VOZES SE APROXIMANDO

Dilúvio! Um dilúvio! É o dilúvio! Que dilúvio!

INGLÊS (*terrificado*)

Oh! Meu Senhor!
Quanta desgraça; parece enchente,
e ainda por cima aquele problema do Oriente.

(*Entra primeiro o Negus, atrás dele o chinês, o persa, o turco, o rajá, o pope, o conciliador. Entram em cortejo de todos os lados sete pares de impuros*)

NEGUS

Embora eu seja um tanto escurinho,
mais do que a neve um tantinho,
mesmo assim sou o Negus da Abissínia.
Meus respeitos, sim?
Abandonei minha África.
Ali serpenteia o Nilo, qual jiboia-rio.
Meu reino o Nilo agarrou, engoliu
e lá minha África afundou.
Embora posses não tenha,
mesmo assim...

PESCADOR (*irritado*)

... mesmo assim
meus respeitos, sim?
Já sei! Já sei!

Mistério-bufo

31

NEGUS

Peço não esquecer
é o Negus que fala com você
e o que o Negus quer é comer.
O que é isso? Pois não!
Parece bem gostoso esse cão!

PESCADOR

Cão? Você vai ver o seu cão!
Isto é uma morsa, e não um cão.

(*O Negus se engana e tenta se sentar sobre Lloyd George, que se parece muito com uma morsa*)

Anda, chega pra lá, sem nenhum esbarrão.

INGLÊS (*assustado*)

Morsa, eu? Nada disso.
Dela estou muito longe.
A morsa é ele,
eu sou Lloyd George.

PESCADOR (*dirigindo-se aos outros*)

E vocês, querem o quê?

CHINÊS

Nadinha!
Nadinha!
Minha China foi pro beleléu!

PERSA

A Pérsia,
a minha Pérsia está dispersa!

RAJÁ

Até a Índia,
até ela, a Índia celestial!

PAXÁ

E da Turquia então, só um restinho restou!

(*Abre passagem entre a multidão dos puros uma dama com uma quantidade enorme de caixas de papelão*)

DAMA

Atenção!
não arranque, não!
É seda fina, seu cascão!

(*Ao pescador*)

Ó amigo,
me dê uma mão
com essas caixas de papelão.

UMA VOZ (*entre os puros*)

Que charmosa!
Que gostosa!...

PESCADOR

Que parasita ociosa!

FRANCÊS

Qual é a sua nacionalidade?

DAMA

Minha nacionalidade é mesmo variada.
No início era russa,
mas da Rússia fui expulsa.

Mistério-bufo

Esses bolcheviques — que horror!
Mulher requintada,
alma refinada:
peguei e virei estoniana.
Começaram os bolcheviques a atacar a fronteira
e eu virei ucraniana de primeira.
Tomaram Kharkov: e mais essa!
Instalei-me numa república em Odessa.
Tomaram Odessa. Wrangel impera na Crimeia.
Resignada, continuei minha odisseia.
Perseguiram os brancos de norte a sul,
lá vou eu, já turca de nascença,
passear por Istambul.
Estavam os bolcheviques por um triz
tornei-me, então, parisiense em Paris.
Tive quarenta nacionalidades, confesso,
e agora com o passaporte da Kamtchatka
tomarei o trem expresso.
No polo o verão é bem cacete:
Nem dá pra mostrar a toilette!

PESCADOR (*grita para os puros*)

Silêncio!
Silêncio!
O que é esse zum-zum?

CONCILIADOR (*histérico, separa-se da multidão*)

Vejam só!
Não aguento mais nenhum...
Vejam só!
O que é isso?
Não há no mundo um lugar a seco, bem alto!
Vejam só!
Não quero ser um alvo!

Deixem-me ir para casa,
direto pro gabinete!
Vejam só!
Não aguento mais!
Eu pensava num dilúvio *à la* Kautski:
os lobos satisfeitos e as ovelhas a salvo.
Mas agora nesse caos,
estão se matando uns aos outros.
Queridos vermelhos!
Queridos brancos!
Não aguento mais esse tranco!

FRANCÊS

Ai! Não esfregue os olhos...
Não morda os lábios...

(*Com arrogância dirige-se aos impuros que estão próximos à fogueira*)

E vocês são de onde?

IMPUROS (*juntos*)

Pelo mundo todo correr,
que mais podemos fazer?
Não somos de nenhum lugar
nosso trabalho é nosso lar.

FRANCÊS

A velha ária!

VOZES ASSUSTADAS DOS PUROS

Proletários!
São proletários...
Proletários...

Mistério-bufo

FERREIRO (*dando umas palmadas na barriga avantajada do francês*)
O uivo do dilúvio está zumbindo em seus ouvidos?

LAVADEIRA (*para ele, com voz estridente e zombeteira*)
O que você quer é tirar uma soneca na caminha?
Que tal colocar você numa trincheira ou numa mina!

SOLDADO DO EXÉRCITO VERMELHO (*ameaçador*)
Que vá para as trincheiras:
vai ver que tipo de coisa se elimina.

(*Ao ver que o "conflito" entre puros e impuros recrudesce, o concibiador lança-se para separá-los*)

CONCILIADOR
Meus queridos! Mas o que é isso?
Basta de xingamento!
Olhar um ao outro desse modo, que tormento!
Deem as mãos,
o melhor é se abraçar.
Senhores, camaradas, amigos,
chegar a um acordo é preciso.

FRANCÊS (*com maldade*)
Chegar a um acordo?
Isto já é demais!

PESCADOR (*com maldade, dando um pescoção no conciliador com a ajuda do francês*)
Toma! Seu conciliador!
Toma! Seu conciliardorzinho de nada!

CONCILIADOR (*afastando-se espancado, choraminga*)
Estão vendo,

36                                              Vladímir Maiakóvski

de novo...
Fiz por bem,
mas ele...
É sempre assim:
a gente quer conciliação,
e eles te metem a mão.

(*Os impuros passam e vão se instalar ao redor da fogueira, separan-do-se dos puros que olham com ar de nojo. Os puros fecham-se em círculo*)

PAXÁ (*se arrasta até o meio do círculo*)
Fiéis!
É preciso discutir o que se passou.
Vamos examinar a questão a fundo.

COMERCIANTE
A coisa é simples:
é o fim do mundo.

PADRE
É o dilúvio, sem dúvida.

FRANCÊS
Dilúvio coisa nenhuma.
Não caiu
nem um pinguinho de chuva.

RAJÁ
É mesmo,
não caiu em nenhum momento.

DIPLOMATA
Quer dizer que é uma ideia sem cabimento...

PAXÁ

Apesar disso,
o que aconteceu, meus fiéis?
Temos que ir a fundo.

COMERCIANTE

Pra mim, o povo ficou é iracundo.

ALEMÃO

A guerra, creio que é.

INTELECTUAL

Não,
para mim não há outra razão.
É metafísica a questão...

COMERCIANTE (*descontente*)

Guerra metafísica!
Ah! Essa não! Vai começar desde Adão!

VOZES

Um de cada vez!
Um de cada vez!
Não façam disso aqui um Sodomão!

PAXÁ

Psiu...!
Vamos devagar.
É sua a palavra, estudante!

(*Justifica-se diante da multidão*)

Ele está com a boca espumante.

INTELECTUAL

No início,
tudo era simples:
o dia virava noite,
e só a aurora
rasgava de vermelho o céu.
Depois,
leis,
ideias,
crenças,
um montão de capitais de granito
e até o sol, ruivo e imóvel,
tudo começou a se liquefazer,
levemente a mover,
a desfazer levemente.
Depois — como desmancha!
As ruas se derramam,
uma casa derrete, outra se precipita.
O mundo inteiro
dissolvido nas fornalhas da revolução
escorre como queda-d'água em profusão.

VOZ DO CHINÊS

Senhores! Atenção!
Aqui está chuviscando!

AUSTRALIANA

Tamanha garoa!
Ensopado feito uma leitoa!

PERSA

Vai ver que é o princípio do fim
e nós aqui
a berrar e gritar em comício.

Mistério-bufo

DIPLOMATA (*encostando-se no polo*)

Venham pra cá!
Para mais perto!
Aqui não goteja.

COMERCIANTE (*empurrando o joelho do esquimó que tapa o buraco
com a paciência inerente a esse povo*)

Ei, você!
Vai lá pra perto das morsas, vai!

(*O esquimó caçador dá um salto, e do buraco aberto um jato jorra
nos presentes. Os puros se espalham em forma de leque, gritando de maneira inarticulada*)

PUROS

A-a-a-a!
I-i-i-i!
U-u-u-u!

(*Num minuto todos se lançam ao jato*)

Fecha!
Tampa!
Aperta!

(*Retrocedem. Apenas o australiano fica junto ao globo terrestre com
o dedo no buraco. Na balbúrdia generalizada o padre instala-se sobre duas
achas de lenha*)

PADRE

Irmãos!
Perdemos o último centímetro!
A última polegada... está tudo inundado!

VOZES DOS IMPUROS (*baixo*)

O que é isso?
Quem é esse armário barbado?

PADRE

Há quarenta noites e quarenta dias
cai a chuva inclemente!

COMERCIANTE

É verdade!
Foi iluminado por Deus!

INTELECTUAL

Houve na História semelhante precedente:
lembremos de Noé e seu famoso incidente.

COMERCIANTE (*pondo-se no lugar do padre*)

Bobagens!
A História, o precedente e toda essa fuzarca.

VOZES

Vamos ao assunto!

COMERCIANTE

Então vamos, meus amigos, vamos construir uma arca.

AUSTRALIANA

Boa! Uma arca!

INTELECTUAL

Que ideia!
Construir um navio.

Mistério-bufo

RAJÁ
Dois navios!

COMERCIANTE
É uma boa!
Todo o meu capital vou investir!
Se aqueles se salvaram, nós por último vamos rir!
Vai ser uma aventura épica!

ZUM-ZUM GERAL
Viva,
viva a técnica!

COMERCIANTE
Quem está de acordo
levanta a mão.

TODOS
Não precisa, não,
é só olhar pros rostos.

(*Os puros e os impuros levantam as mãos*)

FRANCÊS (*tomando o lugar do comerciante, olha com ódio para o ferreiro que levanta a mão*)
Ah! Você também quer ir pra lá?
De jeito nenhum, eu juro!
Senhores,
não vamos arcar com os impuros
Depois, como irão nos injuriar!

VOZ DO CARPINTEIRO
E você, sabe serrar e aplainar?

FRANCÊS (*desanimando*)

Tá bom! Pensando cá com meus botões,
Vamos arcar com os impuros.

COMERCIANTE

Vamos escolher apenas os que não bebem e os fortões.

ALEMÃO (*tomando o lugar do francês*)

Psiu! Senhores!
Talvez ainda não devamos as pazes
com os impuros aceitar.
Felizmente,
não sabemos que fim levou a quinta parte do mundo.
Estão aí a berrar, e nem se importam em perguntar
se os americanos chegarão.

ESPECULADOR (*alegre*)

Mas que cabeça!
Não é um homem qualquer, é um chanceler alemão!

(*Um grito da australiana interrompe a alegria geral*)

AUSTRALIANA

O que é isso?

(*Do fundo da sala diante dos olhares assustados irrompe um americano numa motocicleta*)

AMERICANO

Prezados senhores,
é aqui que vão construir uma arca num deque?

(*Mostra um papel*)

Mistério-bufo

Da América afogada
duzentos bilhões em cheque.

(*Desânimo silencioso. E de repente um berro do australiano que segura a água*)

AUSTRALIANO

Por que ficaram vidrados? Parem de olhar!
Juro por Deus, tiro meus dedos!
Já estão congelados!

(*Os puros se atrapalham, aproximando-se dos impuros*)

FRANCÊS (*ao ferreiro*)

E então, camaradas,
Vamos construir, hein?

FERREIRO (*cordato*)

Bem...
por mim...

(*Acenando para os impuros*)

Vamos lá, companheiros!
É pegar ou largar.

(*Os impuros levantam-se. Serras. Plainas. Martelos*)

CONCILIADOR

Mais depressa, camaradas,
queridos, mais depressa!...
Ao trabalho!
Nas mãos, serras e machados!

INTELECTUAL (*afastando-se para o lado*)

Trabalhar,
nem de passagem.
Vou ali me sentar
e adotar a sabotagem.

(*Grita para os trabalhadores*)

Vamos, mexam-se depressa!
Cortem, não quero nenhum vacilo!

CARPINTEIRO

E você fica aí sentado, de braços cruzados?

INTELECTUAL

Eu sou o especialista, insubstituível...

(*Cortina*)

# Segundo ato

*Convés da arca. Em todas as direções veem-se ondas desmoronando a terra. Nas nuvens baixas prende-se um mastro-escada entrelaçado por cordas. Em primeiro plano, a torre do capitão e a entrada do porão. Os puros e os impuros formam fileiras a bordo.*

CAMPONÊS

Eu, hein!!
Eu é que não queria estar lá fora, molhado.

COSTUREIRA

Dê uma olhada nisso aí:
não é onda, é um cercado!

COMERCIANTE

Em vão fui me meter com vocês.
É sempre assim,
não vale a pena se animar.
Vocês — navegadores coisa nenhuma!
Eu também não sou nenhum lobo do mar.

LANTERNEIRO

Vejam só como leva!
Zumbe e geme.

Mistério-bufo

COSTUREIRA

Isto não é uma cerca!
Mais parece uma parede!

FRANCÊS

Pois, então,
que chateação!
Digo-lhes com dor e com pesar.
Fiquem aí.
A terra ainda está de pé.
Por pior que seja, o polo ainda não é.

CAMPONÊS

Como lobos, a matilha das ondas
avança, mastiga e masca.

DOIS ESQUIMÓS, CHOFER e AUSTRALIANOS (*juntos*)

Olhem,
o que será isso?
O que houve com o Alasca?

NEGUS

Desapareceu
como uma pedra lascada!

ALEMÃO

Espatifou-se!

ESQUIMÓ

Escafedeu-se!

PESCADOR

Foi-se!

TODOS
Adeus! Adeus! Adeus!

FRANCÊS (*cai no choro, tomado pelas recordações*)
Meu Deus! Meu Deus!
Um bom tempo havia,
em que toda a família se reunia,
na mesa um chazinho,
pães, biscoitinhos...

PADEIRO (*examinando a ponta das unhas*)
Que estranho,
juro por Deus,
ter pena
não me passa pela cabeça.

SAPATEIRO
Achei bom reservar uma vodca.
Será que achamos um copo nessa joça?

CRIADO
Temos de achar.

MINEIRO
Vamos lá, pessoal,
o porão nos espera!

ESQUIMÓ CAÇADOR
E então, como é que vai a morsinha?
Um pouco seca, admita.

CRIADO
Não está nada seca,
até que está bem frita.

Mistério-bufo

(*Os puros ficam sozinhos. Os impuros descem para o porão, cantando*)

IMPUROS

O que temos a perder? Por acaso
um dilúvio nos assusta? Nossos pés
já se cansaram de caminhar pelo mundo.
Ah! em alto-mar, descansar um bocado.
Ah!
Comer carne de morsa, virar uma vodca,
não é nenhum pecado...
Ah, não é pecado!

(*Os puros rodeiam o francês desconsolado*)

PERSA

É mesmo de se envergonhar!
Tamanha gritaria é um disparate!

COMERCIANTE

Deixemos tudo de lado.
Vamos atingir o Ararat.

NEGUS

Talvez até lá a fome nos mate.

AMERICANO

Tenho dinheiro de montão,
mas sem comida não é nada que adiante.
Por um quilo de pão dou até meio milhão
e duas libras de diamante.

COMERCIANTE

Eu gostava de especulação.

Por três vezes a Tcheká me levou em cana.
Mas hoje, para que raios meu dinheiro serve, então?

CHINÊS

Desencana!

PAXÁ

Que brilhantes o quê!
Agora se uma pessoa tem pedras no rim
tem que se sentir abastada, isso sim.
Como se estivesse com a pança forrada.

AUSTRALIANO

Na marmita
nem comida, nem nada.

CONCILIADOR

E a venda ainda por cima está fechada.

COMERCIANTE (*ao padre*)

Não faz mal, humilde cura!
Agora há em cada esquina um mercado
para quem procura.

DAMA

Manteiga, leite e creme no mercado há de montão;
com o bolso vazio, o jeito é passar a mão!

COMERCIANTE

E sem leite, sua babaca, você vai ficar.
Mas o operário,
esse tem salário.
Recebe em natura e troca por algo novo.

Mistério-bufo

DAMA

Vou é trocar meu chapéu por um ovo.

INTELECTUAL

Trocar o último chapéu?
Ainda é cedo.
Depois vai ficar por aí chupando o dedo.

PADRE (*ouvindo o barulho que vem do porão*)

Ouçam só a gargalhada!

INTELECTUAL

Que palhaçada!
Estão se empanturrando
com um peixinho de nada.

PADRE

Então vamos cair na dança.
Com rede e lança, vamos pescar!

ALEMÃO

L-a-n-ç-a?
E como é que se maneja?
Só sei usar a espada numa peleja.

COMERCIANTE

A rede lancei,
pensei — um peixinho catei,
me cansei,
nada de nada, só uma ervinha peguei.

PAXÁ (*desolado*)

A que ponto chegamos:
gente fidalga
se alimentando de algas.

LLOYD GEORGE (*para Clemenceau*)

Eureca!
Não vale a pena esta briga.
Que disputa pode haver
entre um inglês e um homem de França?
O importante é que temos uma boa barriga.

CONCILIADOR

E eu também tenho... uma boa pança!

CLEMENCEAU

Que coisa triste!
Com tão excelente senhor
não briguei por um triz.

LLOYD GEORGE

Agora não é hora de brigar
um inimigo comum temos de enfrentar.
Ouça bem o que vou lhe propor.

(*Leva Clemenceau pelo braço e se afasta. Cochicham e voltam*)

CLEMENCEAU

Senhores,
tão puros somos todos nós!
E agora vamos ter de trabalhar,
dar o suor de nossa testa?
Passemos aos impuros essa tarefa indigesta.

INTELECTUAL

Isso, eles que trabalhem!
Eu não posso — com minha franzina compleição!
Eles sim são fortões.

LLOYD GEORGE

Deus nos livre de bater!
Nada de usar os punhos numa hora dessas.
Enquanto eles devoram o menu,
e estão na maior confusão,
vamos lhes pregar uma peça...

CLEMENCEAU
Vamos eleger-lhes um rei!

CONCILIADOR

Para que um rei?
Melhor um policial.

CLEMENCEAU

Para que o rei lance um decreto:
todos os quitutes a ele devem ser doados.
O rei fica saciado,
e nós também —
seus fiéis vassalos.

TODOS

Isso mesmo!

PAXÁ

Muito bem!

ALEMÃO (*contente*)

Eu bem dizia!
Eis aí outro Bismarck,[6] hein?

AUSTRALIANOS

Vamos escolher logo!

ALGUMAS VOZES

Mas quem?

INGLÊS e FRANCÊS

O Negus.

PADRE

Boa!
Ele tem as rédeas na mão.

COMERCIANTE

Que rédeas?

ALEMÃO

Bem, quer dizer...
As rédeas do governo, vá lá...
Para que se chatear?
Dá na mesma, seja lá o que for.

(*Para o Negus*)

Sobe aí, senhor!

DAMA

Senhores!

[6] Otto von Bismarck (1815-1898), chanceler do Império Alemão desde sua fundação, em 1871, até 1890. (N. da T.)

Mistério-bufo

Queiram me dizer:
será um rei pra valer
ou só pra inglês ver?

VOZES

Pra valer, pra valer!

DAMA

Que sorte!
Serei dama da corte!

LLOYD GEORGE

Rápido, rápido!
Manda ver o decreto:
"Com a ajuda do bom Deus...".

PAXÁ e AUSTRALIANO

Vamos ficar de guarda
para que não possam sair.

(*O paxá e os outros rabiscam o decreto. O alemão e o diplomata estendem um cabo diante da saída do porão. Cambaleando, saem os impuros. Quando o último se arrasta para o convés, o diplomata e o alemão mudam de lugar e os impuros ficam amarrados*)

ALEMÃO (*para o sapateiro*)

Ei, você!
Vá e faça o juramento!

SAPATEIRO (*entendendo mal a situação*)

Mas não seria melhor eu deitar por um momento?

DIPLOMATA

Eu é que vou fazer você deitar por um momento

e um século não será suficiente!
Aponte a pistola,
senhor tenente!

FRANCÊS

Até que enfim!
Voltaram a si!
Melhor assim!

ALGUNS IMPUROS (*tristes*)

Meus amigos,
caímos como mosca nessa sopa.

AUSTRALIANO

Tirem os chapéus!
Todos com a cabeça descoberta.

CHINÊS e RAJÁ (*empurrando o padre que está perto da ponte de comando, capitaneada pelo Negus*)

Leia então,
leia, enquanto ainda não estão alerta.

PADRE (*lendo o papel*)

"Com a ajuda do bom Deus,
Nós,
Rei das Galinhas Fritas pelos Impuros
e Grão-Príncipe das Ditas-Cujas chocadeiras de ovos,
sem esfolar as sete peles de ninguém
— vamos esfolar apenas seis, a sétima pele fica —,
anunciaremos aos nossos súditos:
tragam tudo —
peixe, torradas, porcos marinhos
e tudo que acharem pelo caminho.
O senado que governa

a nossa grande família
logo vai tomar de alguns
e refazer as partilhas."

UM SENADO IMPROVISADO PELO PAXÁ E PELO RAJÁ
Às ordens, Vossa Majestade!

PAXÁ (*ordena ao australiano*)
Você — aos camarotes!

(*À australiana*)
Você — aos depósitos!

(*A todos*)
Para que o impuro nada trace pelo caminho.

(*Ao comerciante, desamarrando o padeiro*)
E você, com ele ao porão desça já, já!
No convés vamos vigiar, eu e o rajá.
Carreguem tudo para cima
e voltem o mais depressa possível.

(*Zunzum alegre dos puros*)
Juntaremos tudo que for comestível!

PADRE (*esfregando as mãos*)
E depois dividiremos tudo como irmãos
conforme os costumes cristãos.

(*Escoltados pelos puros, os impuros descem ao porão. Num minuto
voltam e depositam diante do Negus os mais variados alimentos*)

COMERCIANTE (*contente*)
Revistamos tudo.

Não encontramos mais nada.
Mas que produtos!
Maravilha!
A comida foi confiscada.
Ao ataque, moçada!

AMERICANO

E os impuros?

ALEMÃO

Vamos trancá-los lá embaixo!

PADRE

Assim sendo,
espere lá,
Vossa Majestade.
Só um momento!

(*Enxotam os impuros para o porão e, enquanto se ocupam deles, o Negus devora todas as provisões. Os puros voltam*)

CLEMENCEAU

Você vem, Lloyd George?

LLOYD GEORGE

Estou indo!

PUROS (*apressando-se uns aos outros*)

Rápido, rápido,
está na hora de comer!

(*Escalam em direção ao Negus. Diante dele, um prato vazio*)

Mistério-bufo

TODOS (*com uma única voz ameaçadora*)

Mas o que é isso?
Uma horda de mongóis cruzou nosso caminho?

PADRE (*enfurecido*)

Um só,
apenas um,
e devorou tudo sozinho!

PAXÁ

Bem merece um sopapo no ouvido!

NEGUS

Silêncio!
Fui por Deus ungido.

ALEMÃO

Ungido,
ungido!
Experimenta só deitar como nós...

DIPLOMATA

Com o estômago a roncar...

PADRE

Seu judas!

RAJÁ

Arre!
Jamais poderia imaginar.

COMERCIANTE

Melhor repousar.
O travesseiro é bom conselheiro.

(*Preparam-se para dormir. É noite. A lua atravessa rapidamente o céu. Esconde-se. Amanhece. A figura do diplomata ergue-se na manhã azulada. Do outro lado o alemão se levanta*)

DIPLOMATA
Está dormindo?

(*O alemão balança negativamente a cabeça.*)

DIPLOMATA
Acordou quando?

ALEMÃO
Nem peguei no sono,
com essa barriga roncando.
Parece que vai falar-me!

CONCILIADOR
Não paro de sonhar com carne.

PADRE (*de longe*)
E com que mais se pode sonhar?

(*Para o Negus*)

Seu bandido! Come até brilhar!

AUSTRALIANO
Faz frio.

INTELECTUAL (*para o Negus*)
E sem qualquer questionamento moral!
Empanturrou-se e pronto: felicidade imediata.

Mistério-bufo

FRANCÊS (*depois de uma breve pausa*)

Senhores,
sabem de uma coisa?...
Sinto que já virei democrata.

ALEMÃO

Que novidade!
Eu sempre morri de amores pelo povo.

PERSA (*sarcástico*)

Mas quem é que pediu para se jogar
aos pés de Sua Majestade?

DIPLOMATA

Deixa pra lá essa flecha envenenada!
O absolutismo como forma de governo
sem dúvida já virou piada.

COMERCIANTE

A gente envelhece
quando não põe nada na boa, eu asseguro!

ALEMÃO

É sério, é sério!
O golpe está maduro.
Parem de brigar,
chega de melindre!

CONCILIADOR

Hurra!
Hurra!
Viva a Assembleia Constituinte!

PUROS (*removendo o alçapão*)
Hurra! Hurra!

(*Um para o outro*)

Cantem!
Manda ver!

(*Do porão saem os impuros que acabam de despertar*)

SAPATEIRO
O que é isso? Andaram bebendo?

FERREIRO
Foi um acidente?

COMERCIANTE
Cidadãos, vamos ao comício!

(*Para o padeiro*)

Cidadão, é a favor da república?

IMPUROS (*em coro*)
Comício?
República?
De onde veio essa invenção?

FRANCÊS
Esperem,
agora a *intelligentsia* é que vai dar a explicação.

(*Para o intelectual*)

Ei você, *intelligentsia*!

(*A "intelligentsia" e o francês sobem na ponte de comando*)

Mistério-bufo

FRANCÊS

Declaro aberta a sessão.

(*Ao intelectual*)

Tenha a palavra!

INTELECTUAL

Cidadãos!
Nosso reizinho tem uma fome de condenado!

VOZES

É verdade, cidadão orador!
É verdade!

INTELECTUAL

Basta, como o miserável come,
devora tudo que é do seu agrado!

VOZ

É verdade!

INTELECTUAL

Desse jeito ninguém vai chegar ao Ararat.

VOZES

É verdade!
É verdade!

INTELECTUAL

Basta!
Vamos romper as correntes ultrajantes!

(*Zunzum geral*)

Abaixo!
Abaixo os autocratas repugnantes!

CONCILIADOR

Contra quem levantam a mão?
Ah!
O monarca, não!
O poder a Deus pertence.
A vida toda vocês vão trabalhar feito cão.
Não toquem nele, cidadãos.
Concordem com a monarquia constitucional,
com Mikhail ou com o Grão-Príncipe Nicolau.

IMPUROS e PUROS (*em coro*)

Concordar para quê?
Para que ele arrase com tudo?

ALEMÃO

Ele vai ver só que tipo de acordo!

TODOS (*em coro*)

Vamos lhe mostrar a cor desse acordo!

CONCILIADOR (*choroso*)

Como se esquentam!
Como me xingam!
É mais fácil morrer,
do que fazer com que se entendam.

COMERCIANTE (*para o Negus*)

Sugaram o sangue todinho,
acabaram com o povinho.

Mistério-bufo

FRANCÊS (*para o Negus*)

Ei, você,
*Allons enfants* lá pro fundinho!

(*Todos juntos agarram o Negus e o atiram na água. Em seguida os puros tomam os impuros pelos braços e saem cochichando*)

DIPLOMATA (*para o mineiro*)

Camarada,
você nem acredita
o quanto isto vai me alegrar:
agora não há mais essa barreira secular.

FRANCÊS (*para o ferreiro*)

Parabéns!
Ruíram todos os pilares.

FERREIRO (*incerto*)

Hum, sim...

FRANCÊS

O resto se arruma,
e o que resta — que vá pelos ares!

PADRE (*à costureira*)

Agora nós por vocês e vocês por nós.

COMERCIANTE (*satisfeito*)

Muito bem! Muito bem enrolados.

DAMA

Será que tive pelo Negus uma paixonite?
Vivo,
respiro a Constituinte!

Darei qualquer coisa
pelo governo provisório,
mesmo que por dois anos enfrente um gestatório!
Agora com laços vermelhos vou me enfeitar —
faço de tudo para a moda revolucionária emplacar.
Dentro de um minuto estarei ao lado
de meu povo adorado.

(*Corre para suas caixas de papelão*)

CLEMENCEAU (*na ponte de comando*)
Bem, cidadãos, isso é o bastante.
Passearam à vontade.
É hora de organizarmos um poder democrático.
Para que tudo, cidadãos, seja rápido e sem demora,
nós — o Negus, que Deus o tenha! — somos treze agora,
seremos ministros e assessores,
e vocês, cidadãos da república democrática,
vão fazer coisas práticas:
pescar focas, consertar botas e assar broas.
Alguma objeção?
Alguém contra ou não?

CAMPONÊS
Na boa!
Contanto que tenha água na lagoa.

CORO
Viva, viva a república democrática!

FRANCÊS
Agora proponho

(*Aos impuros*)

Mistério-bufo

que comecem a trabalhar.

(*Aos puros*)

E vocês — peguem as penas.
Trabalhem,
tragam para cá,
e repartiremos igualmente tudo que valha.
Vamos dividir até a última migalha.

(*Os puros colocam uma mesa, instalam-se com papéis e, quando os impuros trazem os alimentos, contam, anotam e comem com vontade. O padeiro, que chega pela segunda vez, tenta dar uma olhada por baixo dos papéis*)

LLOYD GEORGE

O que é que está espiando?
Saia já daqui, seu nanico!
Isso não é para o seu bico.

CLEMENCEAU

De administração pública,
vocês não entendem patavina.
Cada prato que entra, cada prato que sai
devem ser numerados com disciplina.

FERREIRO

Enquanto números querem aí meter,
nosso irmão impuro pronto está para morrer.

PADEIRO

Vamos logo repartir o prometido.

PADRE (*com indignação*)

Irmãos!
É prematuro pensar em comida.

RAJÁ (*afastando-se da mesa*)

Vejam só o baita tubarão
que acabaram de pescar —
será que um bicho desses
leite e ovos vai nos dar?

FERREIRO

Ei, rajá — ou será que é um paxá? —,
lembre-se desse provérbio turco:
"Paxá, não tente despachar!".

(*Voltando-se aos outros impuros*)

Querem nos dar uma lição!
Por mais que se ordenhe um tubarão,
leite dele nunca tirarão.

SAPATEIRO (*para os que escrevem*)

É hora de almoçar. Terminem logo essa lista!

AMERICANO

Prestem atenção,
vejam que beleza:
ondas e gaivotas à vista.

CAMPONÊS

Pois melhor seria falar da sopa e do chá.
Vamos ao que importa!
Vamos ao que importa!
Não estamos aqui pra ver gaivotas!

Mistério-bufo

CLEMENCEAU

Vejam, vejam!
No mar, uma baleia!

SOLDADO DO EXÉRCITO VERMELHO

Ao diabo a tua barriga cheia!
Baleia é você, camarada!

IMPUROS (*em coro, virando a mesa*)

Vamos acabar com essa protelação e toda essa papelada!

(*Sobre o convés caem os pratos vazios*)

COSTUREIRA e LAVADEIRA (*tristes*)

O Conselho dos Ministros abocanhou tudo.

CARPINTEIRO (*pulando sobre a mesa virada*)

Camaradas!
É uma facada nas costas!

VOZ

Uma garfada!

MINEIRO

Camaradas!
O que está acontecendo?
Antes uma só boca comia,
agora muitos estão empanturrados.
A república
parece o tsar
por cem multiplicado.

FRANCÊS (*palitando os dentes*)

Por que se tornaram tão antipáticos?

Prometemos dividir tudo ao meio:
a um a rosca,
ao outro o buraco.
Assim trabalha um governo democrático.

COMERCIANTE

Nem todos podem ter a melancia —
alguém tem que ficar com as sementes.

IMPUROS

A luta de classes é que deve mostrar os dentes!

CONCILIADOR

De novo,
tudo pode ruir.
De novo,
confusão e rumor.
Chega!
Chega de sangue e furor!
Não posso nem ouvir!
Aqui tudo vai bem:
a comuna
e o resto também.
Mas para isso séculos e séculos nos faltam.
Trabalhadores camaradas!
Com os puros sejam cordatos,
escutem esse velho
menchevique experimentado!

LLOYD GEORGE

Ser cordatos?
E do meu capital me privar?
Vou mostrar a concórdia!

Mistério-bufo

SOLDADO DO EXÉRCITO VERMELHO

Você vai ver o tamanho da corda!

CONCILIADOR

Mas que mixórdia!
Ambos, de novo, a exortar a imposição!

(*Os impuros atacam os puros*)

PUROS

Basta, cidadãos!
Nossa política e nossos procedimentos...

IMPUROS

Pois então,
vamos mandar fogo aos quatro ventos!
Aí sim vamos mostrar o que é política!
Vão ver só, malditos! Nós, rubros,
faremos vocês recordarem o 25 de Outubro!

(*Tomam as armas depostas pelos puros durante o almoço. Empurram-nos para a popa. Aparecem os calcanhares dos puros que estão sendo lançados ao mar. Apenas o comerciante, pegando de passagem uma fatia de filhote de morsa, esconde-se numa caixa de carvão; em outra se escondem o intelectual e a dama. O conciliador agarra a mão do camponês e, esforçando-se para puxá-lo, soluça*)

CAMPONÊS

Olha só que maldito,
está com água na boca!
A revolução, meciê, não é para você.

(*O conciliador crava os dentes na mão do camponês*)

Vladímir Maiakóvski

FERREIRO

Olha só que zangão!
Vamos lá pessoal,
pro fundo do porão.

(*Atiram o conciliador*)

LIMPA-CHAMINÉS

Será que não ficam sem ar,
esses corpinhos frágeis
de madame?

CAMPONÊS

Nada de moleza com eles!
Se voltam,
na cruz nos colocam.
Se formos bonzinhos,
nos tomam o monte Ararat.

IMPUROS

Isso mesmo!
Isso mesmo!
Ou eles ou nós!

CAMPONÊS

O terror com terror se combate!

FERREIRO

Camaradas, ao ataque!
Deem-lhes umas porradas.
E por que, minha gente, não festejar?
Festejem até se esbaldar!

Mistério-bufo

IMPUROS (*com vozes severas*)

A república devorou as últimas reservas.

PADEIRO

Festejar?!
Mas como arranjar o pão, pensaram nisso?

CAMPONÊS

Festejar?!
E esse pão? Com que vamos semeá-lo?

LANTERNEIRO

Festejar?!
Quando no lugar de campo lavrado
há lama por todo o lado.

PESCADOR

E como pescar com esta rede cheia de buracos?

CHOFER

Como passar por este lodo?
Se ao menos ao redor estivesse um pouco mais seco.

CAÇADOR

A arca vai rebentar.

CHOFER

Sem bússola será um verdadeiro suplício.

TODOS

É a ruína!

FERREIRO

Não se pode parar as coisas pelo meio.
Do que comeram os afogados
não há nada que se resgate.
Agora só há uma coisa a fazer, receio,
para não perder as forças antes de aportar no Ararat.
Que venham a tempestade,
o calor fustigante,
e que a fome nos roa as unhas.
Vamos olhar bem dentro de seus olhos
e beber do mar a espuma.
Mas agora de tudo isso aqui vamos tomar posse.

LAVADEIRA

Aproveitem que hoje tem comida.
Amanhã — só tosse!
Na arca não resta nem o pão que o diabo amassou!

CAMPONÊS

Ei, camaradas!
Sem racionamento, nem uma fatia de pão.

(*De dentro da caixa de carvão aparecem a dama e o intelectual*)

INTELECTUAL

Está escutando —
falam em "pão",
mas fome, frio e pavor é só o que nos acomete.

DAMA

Sendo assim, todo o poder aos Sovietes.

(*Saem*)

Mistério-bufo

IMPUROS

Mas o que é isso?
Um monte de alma penada?

INTELECTUAL

Que nada.
Somos nós mesmos,
os sem-partido,
viemos da caixa de carvão.
Ao poder dos Sovietes serviremos.

DAMA

Odeio os burgueses,
esses vigaristas!
Só esperava a burguesia cair.
Por favor,
também quero para vocês trabalhar,
com um dedo apenas sou capaz de datilografar.

INTELECTUAL

Me peguem também.
Não ter um especialista é ruim.
Não chegarão
a lugar algum sem mim.
Um só escorregão —
e lá no fundo vão parar.

FERREIRO

Não vamos escorregar.
Vá agourar noutro lugar!

*(Para a dama)*

Queira sentar, camarada, pegue uma cadeira.

(*Para o intelectual*)

Já pra baixo!
Vá tomar conta da caldeira.

CHOFER

Não tem cabimento:
máquinas sem lenha e nós sem alimento.

MINEIRO

Até eu entrego os pontos,
por mais saúde que tenha.

SOLDADO DO EXÉRCITO VERMELHO

Pelo visto não basta traçar os puros.
Também é preciso arranjar água
e pão — ou não estaremos seguros.

IMPUROS

Que fazer?
Estamos em apuros!

COSTUREIRA

Deus não vai nos desamparar.
Agora é cruzar os braços e esperar.

CAÇADOR

De fome se desmilingua o músculo.

COSTUREIRA (*escutando com atenção*)

O que é isso?
Estão ouvindo? Será música?

Mistério-bufo

CARPINTEIRO

O Anticristo nos falou
sobre o monte Ararat e o paraíso.

(*Assustado, dá um salto e aponta para o mar*)

Quem vem lá
na maré alta,
soprando os próprios ossos
como flauta?

LIMPA-CHAMINÉS

Deixa pra lá!
A água está limpinha.
E quem haveria de ser?
O mar está deserto.
Não vejo ninguém a descoberto.

SAPATEIRO

Olha ali... vem vindo...
É a fome,
vem aqui quebrar o seu jejum.

CAMPONÊS

E que venha!
Aqui ninguém vai desmaiar, nenhum.
Camaradas, o inimigo está bem perto.
Coragem!
Todos ao convés!
A fome se prepara para a abordagem!

(*Sobem correndo, cambaleando, armados com não importa o quê.
Amanheceu. Pausa*)

Vladímir Maiakóvski

TODOS

Pois que venha!
Ninguém...
E de novo só nos cabe olhar
para as profundezas áridas do mar.

CAÇADOR

Assim pela sombra no tórrido deserto
ansiamos na agonia da vertigem
— e o deserto parece que esfria.
Miragem.

CHOFER (*ajeitando os óculos muito agitado, olha atentamente. Para o ferreiro*)

Olha lá,
no ocidente —
não está vendo um ponto?

FERREIRO

Olhar para onde?
Enfia os óculos no rabo,
de nada vai adiantar, seu tonto!

CHOFER (*afasta-se correndo, procura, sobe no mastro com uma luneta e depois de um minuto, explode de alegria*)

O Ararat! O Ararat! O Ararat!

TODOS

Que felicidade! Que felicidade! Que felicidade!

(*Arrancam a luneta do chofer. Amontoam-se*)

Mistério-bufo

CARPINTEIRO

Onde está?
Onde?

FERREIRO

Lá...
Dá pra ver...
À direita...

CARPINTEIRO

O que é isso?
Levantou.
Ajeitou.
Vem vindo.

CHOFER

Mas como vem vindo?
O Ararat é uma montanha e não sai do lugar.
Que tal esfregar os olhos?

CARPINTEIRO

Esfregue você.
Por acaso não vê?

CHOFER

E não é que vem vindo!?
Vem vindo um homem.
É um velho com um bastão.
Não; é um moço sem bastão.
Caminha sobre a água como se fosse no chão.

COSTUREIRA

Toquem os sinos!
Aumentem o som!

Era ele
que vinha andando
pelo mar da Galileia,
as águas se abrindo ao seu comando.

FERREIRO

Deus tem maçãs,
laranjas,
cerejas,
pode ordenar a primavera sete vezes num só dia,
mas a nós o Todo-Poderoso volta as costas,
e agora com Cristo
vamos cair numa armadilha.

CAMPONÊS

Não precisamos dele!
Não vamos deixar passar o vigarista!
Não é de oração que bocas famintas precisam.
Não se mexa!
Senão eu levanto a mão.
Quem és, então?

(*Um homem comum aparece no convés gelado*)

HOMEM

Quem sou eu?
Não tenho classe,
nem nação,
nem tenho geração.
Vi trinta, quarenta séculos.
Sou apenas um homem
dos tempos futuros.
Quero soprar nas almas o fogo,
pois sei muito bem,

como é difícil nesta vida ter arrojo.
Ouçam!
Eis aqui o novo sermão da montanha!
Querem chegar ao Ararat?
Não tem Ararat nenhum.
Trata-se apenas de um sonho.
Mas se a montanha não vai a Maomé,
ao diabo com ela, é o que proponho!
Não vos falo do paraíso de Cristo,
onde se toma um chazinho sem graça.
É o verdadeiro paraíso na terra
o que queremos que nasça.
Julguem vocês mesmos:
não será o paraíso de Cristo
um céu de evangelistas famintos?
O meu paraíso
é repleto de móveis e aposentos;
muito luxo, paz e iluminação elétrica a contento.
Lá o trabalho é doce e não machuca as mãos,
o trabalho é uma rosa que na palma da mão brotaria.
Lá o sol faz tantas maravilhas,
cada passo afunda em cores e magia.
Aqui a vida é dura para o hortelão
— aterro de estrume, de vidro é o chão,
mas lá, comigo, não;
nas raízes do funcho
seis vezes por ano abacaxis crescerão.

TODOS (*em coro*)

Vamos todos para lá!
Não temos como cair mais baixo.
Mas será que poderemos entrar,
pecadores do populacho?

HOMEM

Meu paraíso é para toda a gente,
menos para os pobres de espírito
que na quaresma incham como a lua cheia.
É mais fácil pelo buraco de uma agulha
passar um camelo,
do que ao meu paraíso trazer um elefante dessa laia.
Que venha a mim
aquele que fincou o punhal
no corpo do inimigo
e depois com uma alegre canção o deixou!
Vem, impiedoso!
Serás o primeiro a entrar
no meu reino
terrestre —
não celestial.
Que venha todo aquele
que não é mula de carga.
Todo aquele
a quem a vida é insuportável, amarga,
e sabei, afinal:
é para este o meu reino
terrestre —
não celeste.

TODOS (*em coro*)

Será que está rindo de nós, desvalidos?
Onde afinal está esse reino escondido?
Por que nos excita a imaginação?

HOMEM

É longa a estrada.
Com muitas nuvens e muita bruma.

Mistério-bufo

CORO

Vamos cruzar as nuvens uma a uma.

HOMEM

E se por acaso ao inferno tiverem que descer?

CORO

Iremos até mesmo para lá.
Jamais vamos dar para trás.
Então, vai ou não vai nos levar?
Onde está?

HOMEM

Onde?
Estão esperando o quê?
É só olhar e ver:
está tudo à mão.
E onde é que elas estão?
O que vão fazer com elas?
Cruzaram os braços inúteis!
Querem parecer miseráveis.
Mas vocês são ricos.
Vejam só:
quanta riqueza ao redor!
Como ousa o vento mover a arca?
Abaixo o domínio descarado da natureza!
Vocês hão de viver na luz e no calor,
e as ondas serão obrigadas
a fornecer eletricidade.
E se por acaso descerem
ao fundo do mar
hão de ver que beleza
é o fundo do oceano.
O pão nosso de cada dia

também lá vai brotar,
e até carvão com certeza há de ter.
Que importa então que o vento em dilúvio
as ancas das arcas faça estremecer!
À direita ou à esquerda —
podem se proteger.
Fim.
A palavra está com vocês.
Acabei.

*(Desaparece. Perplexidade e admiração no convés)*

SAPATEIRO

Cadê?

FERREIRO

Acho que está aqui dentro de mim.

CAMPONÊS

Acho que em mim também
ele se esgueirou por baixo do pano.

VOZES

Quem é ele?
Quem é esse espírito insano?
Quem é ele —
sem nome?
Quem é ele —
sem sobrenome?
Seu objetivo, qual seria,
lançando essa profecia?
Ao redor o dilúvio e a tempestade enfurecida.
Que importa!
Vamos encontrar a terra prometida!

Mistério-bufo

CAMPONÊS

Quer dizer então que o paraíso deve existir.
Quer dizer então que não é tolice a felicidade perseguir.

VOZES

Para se alcançar esse tempo,
martelos levantemos,
machados para o alto!
Formar fila!
Não entortem a linha!
Estala a arca.
A salvação está na disciplina.

FERREIRO (*com a mão na verga*)

É sinistra a boca que conduz ao precipício.
Há um caminho somente:
pra frente!
Pelas nuvens, adiante!

TODOS (*lançam-se ao mastro. Em coro*)

Pelo céu, avante!

(*Nas vergas começa uma canção de guerra*)

Ao mar, ao mar!
Vamos às ondas nos lançar!
Avante, camaradas do mar!

CORO

Avante, camaradas do mar!

SAPATEIRO

Lá há descanso para quem vencer a luta.
Se o pé se cansar, no céu de um bom sapato desfruta!

CORO

Para os pés que sangram
No céu há de ter recompensa!

CARPINTEIRO

A abóbada celestial vai se abrir!
Pelas portinholas do sol
e pelos degraus do arco-íris vamos subir!

CORO

Pelas portas do sol
e pelas cordas do arco-íris!

PESCADOR

Basta de profetas!
Somos todos nazarenos!
Agarremos os mastros,
pelas vergas deslizemos!

CORO

Para os mastros!
Para os mastros!
Às vergas!
Às vergas!

(*Quando desaparece o último impuro, atrás dele sobem mancando nas vergas a dama e o intelectual. O menchevique hesita um instante*)

CONCILIADOR

Para onde vão vocês?
Para a comuna?
Onde mais querem se meter?!

(*Olha ao redor. A arca estala*)

Mistério-bufo

Vamos, camaradas!
É melhor seguir adiante do que morrer...

(*O menchevique desaparece e o comerciante finalmente sai da caixa de carvão dando um risinho*)

COMERCIANTE

Tem que ser mesmo um bobão!
Nessas horas é bom ter um quarto de milhão.
Dá pra fazer um negocião!
O que é que há?
Está quebrando.
Estalando.
Socorro!
Estamos indo ao fundo!
Camaradas!
Camaradas!
Esperem um minuto!
Camaradas!
Vou acabar moribundo!

CONCILIADOR

Venha logo, vamos partir,
a concessão se consegue num segundo...

(*Cortina*)

# Terceiro ato

*O inferno. Palco com enorme porta. Na porta: "Não entre sem ser anunciado". Dos dois lados, diabos de guarda. Dois outros conversam aos gritos de um canto ao outro do teatro. No palco, detrás da porta, ouve-se baixinho uma canção.*

CORO
Somos os diabos, os diabos, os diabos, os diabos!
Fazemos espetinhos de pecadores.

PRIMEIRO ORDENANÇA
É, irmãozinho diabo,
a vida é mesmo endiabrada!

SEGUNDO ORDENANÇA
Nem fale! Nos últimos meses
tenho passado maus bocados.

PRIMEIRO ORDENANÇA
Numa palavra:
somos diabos zoados!

CORO
Os padres foram expulsos,
comerciantes de batina.
Agora temos crise de produtos.

SEGUNDO ORDENANÇA

Não se vê mais diabo de verdade.
Como vieram parar aqui tais senhores?
Me dá isso!
Me dá aquilo!

PRIMEIRO ORDENANÇA

O pior de todos é esse Negus abissino.
O focinho é preto
e o apetite é suíno.

CORO

Ai, que tormento, tormento, tormento,
sem ter o que comer vamos logo morrer de sofrimento!

PRIMEIRO ORDENANÇA

Antes bochecha de diabo era uma melancia.

SEGUNDO ORDENANÇA

É verdade.

PRIMEIRO ORDENANÇA

Enxotados os padres, agora nada de mercadoria!

SEGUNDO ORDENANÇA

As porções são uma ninharia!

PRIMEIRO ORDENANÇA

A ração é uma bela porcaria!

SEGUNDO ORDENANÇA

Ainda se diabos fossem como antes,
mas não, são repugnantes —

escalvados,
derrabados!

PRIMEIRO ORDENANÇA
Esperem lá,
vamos fazer uma revolução, um motim!

SEGUNDO ORDENANÇA
Psiu!
De novo a campainha.

AMBOS
Vamos dar no pé.

(*Correm aos saltos por todo o palco. Os diabos de guarda interrogam os ordenanças e abrem as portas, depois de um rápido informe*)

LLOYD GEORGE
Ah! Esses demônios!
Ah! Filhos do cão!
Como é que pecadores não caem no alçapão?

PADRE (*ameaçando os ordenanças*)
Por que trabalhei para vocês?
Para neste mundo ter que comer ração?

ORDENANÇAS (*descontentes*)
Peguem o garfo,
virem-se sozinhos.

CLEMENCEAU
Chega!
Deixem os velhos hábitos pra lá.

Mistério-bufo

Somos diabos brancos de velha cepa,
os negros é que devem a camisa suar.

SEGUNDO ORDENANÇA

Entre nós a luta de classes já começou.
Eles querem suas regras impor.

PAXÁ

Ah! O que quer objetar?
Mas que audácia!
Quer ver uma facada?
Vou já te dar uma garfada!

DIABO-MESTRE DE CERIMÔNIAS

Sua Majestade Belzebu
deseja falar com seus súditos.

ALEMÃO

De pé!
Sentido!
Sem mexer os rabos!

BELZEBU (*entra*)

Diabos, meus fiéis vassalos!
A fome não mais vai assolá-los.
Urrem de contentamento!
Rabos para cima!
É o jejum da quaresma que termina.
Quinze pecadores chegaram, para nosso alento.

PADRE (*persignando-se*)

Graças a Deus!
Chega de pão seco, aquele tormento.

CHINÊS

São pessoas muito sérias,
Apesar de não usarem cuecas.

NEGUS

Ai, vou me empanturrar!
Vou comer até me fartar!

LLOYD GEORGE

Vou logo os chifres afiar!
Quero ver como vão me derrubar!

BELZEBU (*ao ordenança*)

Depressa!
Ao posto de guarda!
Pegue os binóculos
e olhe bem
para que não saia vivo ninguém!
Senão
vai levar também um pescoção!

(*Os diabos, munidos de binóculos, correm pela sala, pondo-se à escuta. A porta se abre*)

PRIMEIRO

Eles que apareçam!
Vão logo ver!
Vou erguer o rabo!
Vou descer os chifres!

SEGUNDO

É mesmo o horror!

Mistério-bufo

PRIMEIRO

Vou acabar com todos eles!
Nem a um inimigo desejo tal sofrimento!
Vou fazer desses pecadores um ragu bem suculento!

SEGUNDO

Vou comê-los puros.
Sem condimento.
Psiu!
Está ouvindo?
Toc-toc-toc.
Toc-toc-toc.

(*Põem-se à escuta. Ouve-se o estrondo dos impuros que destroem o vestíbulo do inferno*)

PRIMEIRO

O velho vai se alegrar
até não poder mais.

SEGUNDO

Mais baixo, diabo!
Não pode falar sem escarcéu?
Corre,
vai alertar Belzebu e seu quartel!

(*O primeiro sai correndo. Belzebu aparece no camarote do meio. A palma da mão na testa. Os diabos se põem de pé*)

BELZEBU (*convencido, grita*)

Ei, vocês!
Diabos!
Tragam o caldeirão!
Muita lenha na fogueira!

Bem seca,
bem grossa!
Ao combate, batalhão!
Escondam-se atrás das nuvens!
Nenhum deles vai fugir, não!

(*Os diabos se escondem. Debaixo se ouve: "Para os mastros, para os mastros! Nas vergas, nas vergas!". Entra uma multidão de impuros e no mesmo instante surgem diabos e apontam com tridentes*)

DIABOS
U-u-u-u-u-u-u!
A-a-a-a-a-a-a!

FERREIRO (*com um sorriso faz sinal para a costureira*)
Todos velhos conhecidos!
Deles prefere algum?
Os sem cornos já foram vencidos.
Acabemos com os cornudos, um por um.

(*A gritaria começa a ficar insuportável. Os impuros mandam fazer silêncio*)

IMPUROS
Pssssiu!

(*Desconcertados, os diabos se calam*)

IMPUROS
Aqui é o inferno?

DIABOS (*indecisos*)
Bem... sim.

Mistério-bufo

CAMPONÊS (*no purgatório*)

Camaradas!
Não vamos parar!
Direto pra lá!

BELZEBU

Vamos já!
Diabos, avançar!
Não deixem entrar no purgatório!

CAMPONÊS

Olhem só pra isso!
Mas que estilo simplório!

FERREIRO

Deixem disso!

BELZEBU (*ofendido*)

Como deixar disso?

FERREIRO

Mas que vergonha!
Um diabo velho desses,
até mesmo encanecido,
querendo nos pôr medo com uma coisa tal!
Acaso nunca terá ido
a uma usina de fundir metal?

BELZEBU (*secamente*)

Não estive na sua metalúrgica.

FERREIRO

Logo vi!
Estaria todo esturricado.

Aqui vive você todo janota,
pelo lisinho, mas casca grossa.

BELZEBU

Que lisinho, o quê!
Que grossa, que nada!
Chega de conversa! Já pra fogueira!

PADEIRO

Mas que brincadeira!
Pensa que está nos assustando!
Ai, meu Deus, que engraçado!
Lá em Moscou
dariam pela lenha um trocado.
Lá faz um baita frio,
mas aqui o clima é sadio.
Todos bem-aventurados!
Até se pode andar pelado.

BELZEBU

Chega de palhaçada!
Tremam por vossas almas,
pelo enxofre serão sufocadas!

FERREIRO (*irritado*)

E ainda está se gabando!
O que é que tem aqui?
Um cheirinho bobo de enxofre.
Lá sim o gás era asfixiante:
a estepe toda da cinza dos mortos se cobriu,
toda a divisão de uma só vez por terra caiu.

BELZEBU

Repito uma vez mais,

Mistério-bufo

não desafiem os braseiros incandescentes!
Se Deus quiser,
vocês vão parar nos tridentes!

CAMPONÊS (*fora de si*)

Chega de se vangloriar com esse tal tridente!
Seu inferno idiota para nós é mel de abelha.
Num ataque apenas
a rajada da metralhadora
pode acabar
com três quartos da sua gente.

(*Os diabos ficam de orelha em pé*)

BELZEBU (*esforçando-se para manter a disciplina*)

Por que estão aí parados?
Com a boca aberta?
É mentira, na certa.

CAMPONÊS (*furioso*)

Eu, soltando mentiras?
Vocês ficam aí,
diabos duma figa!
Nas grutas engrutados!
Escutem só o que vou proferir...

DIABOS

Silêncio!

CAMPONÊS

Os horrores da terra agora vou soprar.
Quem é esse Belzebu, cujo nome sempre escuto?!
Que passeia com seu tridente pelo inferno?
Vou lhes mostrar a terra em um minuto.

Sabem, seus diabos, por acaso
o que é estar sob um cerco eterno?
Como então temer os seus forcados?
É com as balas dos ingleses
que nossos trabalhadores são alimentados.
O capital lançou esquadras e tropas por terra e mar:
a República dos trabalhadores é o que querem sufocar.
Vocês não têm justos e crianças, pelo menos.
Aqui se ergue a mão e se tortura?
Pois também isso nós temos!
Não, caros diabos,
a vida aqui é menos dura.
Como um turco selvagem,
cravam a estaca no pecador, sem dó.
Já nós usamos máquinas,
temos muito mais cultura...

VOZ (*do grupo dos diabos*)
    Vejam só!

CAMPONÊS
    Gostam de chupar sangue?
    A matéria não traz muito deleite.
    Façam uma visita à fábrica, antes que seja tarde,
    e lá verão burgueses
    transformando sangue em chocolate ao leite.

VOZ (*do grupo dos diabos*)
    Ah, não!
    É verdade?

CAMPONÊS
    Pois olhem para o escravo de uma colônia inglesa.
    Qualquer diabo sairia de lá apavorado, tenho certeza.

Mistério-bufo

Os negros esfolados,
a pele arrancada,
há de se tornar capa de livro.
Um prego nos ouvidos?
Agulhas sob as unhas?
Por favor, isso não é nada!
Olhem na trincheira para um soldado:
vosso mártir é um banana, se comparado.

VOZES (*do grupo dos diabos*)

Chega!
Nossos pelos estão eriçados!
Tudo isto nos deixou atordoados...

CAMPONÊS

Acham tudo isto medonho?
Acendem fogueiras,
dependuram caldeirões.
Isso lá são demônios?
Não passam de uns moleirões!
Já tiveram nas fábricas
os artelhos esticados por uma correia?

BELZEBU (*com embaraço*)

Eia!
Cada qual
com seu igual.

PADRE (*empurrando Belzebu*)

Vá em frente,
conte a eles do fogo infernal.

BELZEBU

Já falei!

Não querem ouvir.
Sem condição!

CAMPONÊS (*ofensivo*)
Por que só nos fracos vão cravar seus dentes venenosos?

BELZEBU
Pelo amor de Deus, mas como são teimosos!
Diabos são diabos, oras bolas!

CONCILIADOR (*esforçando-se por separar os diabos dos impuros*)
Ai, Santo Deus!
Vai começar!
Duas revoluções já não bastam?
Senhores, camaradas,
que escândalo mais sem razão!
Vocês não têm outro caldo para refogar, não?
E vocês aí, acham que são os bons?
Encontraram a torta!
Olha aqui, venerado diabo,
chega de briguinhas,
é preciso a reconciliação.

BELZEBU
Ah, isso é bajulação!

CAMPONÊS
Ah, é um raposão!

(*Pegam o conciliador dos dois lados*)

CONCILIADOR (*apelando ao público*)
Meus senhores!
Onde é que está a justiça?

Mistério-bufo

A gente quer a conciliação,
e eles me dão um pescoção.

BELZEBU (*com tristeza para os impuros*)

Eu bem que os receberia
como hóspedes, com pão e sal.
Mas não sobrou nenhuma iguaria,
temos somente pele e osso, afinal.
Sabem bem que tipo de gente agora vem —
você assa um coitado e nada sobra no prato...
Dia desses trouxeram um operário do fundo da vala;
vocês nem imaginam:
a barriga ficou vazia, mal deu para forrá-la.

CAMPONÊS (*com nojo*)

Vá pros diabos!

(*Aos operários que há tempo esperam impacientes*)

Vamos lá camaradas!

(*Os impuros põem-se a caminho, Belzebu se agarra ao último*)

BELZEBU

Boa viagem!
Não esqueçam!
Sou um diabo perito —
experiente.
Quando instalados —
quero ser convidado,
Chefe das caldeiras, que tal?
Sem comer aqui cinco dias fico mal,
Diabos, vocês sabem,
têm um apetite infernal.

(*Os impuros sobem. Caem pedaços de nuvens. Fica escuro. Da escuridão e dos despojos da cena vazia aparece o quadro seguinte. Enquanto isso a canção dos impuros ecoa pelo inferno*)

FERREIRO

As portas do inferno arrombemos!
O purgatório, em pedaços!
Avante! Não hesitemos!

CORO

O purgatório em pedaços!
Assim mesmo!
Não hesitemos!

MINEIRO

Avante!
O corpo do descanso vamos desabituar.
Pelas camadas!
Mais alto!
As nuvens devemos atravessar!

CORO

As camadas atravessar!
Mais alto!
As nuvens alcançar!

DAMA (*saindo não se sabe de onde, joga-se sobre Belzebu*)

Meu diabinho!
Queridinho!
Fofinho!
Não permita que eu morra aqui sozinha!
Deixa eu ir lá junto dos meus!
Deixa, meu querido!
Esses impuros são todos uns bandidos!

Mistério-bufo

BELZEBU

Mas veja só!
Um asilo para damas.
Por favor, madame.

(*Indica uma porta de onde saltam de repente dois diabos com tridentes nas mãos e arrastam a dama. Ele esfrega as mãos*)

Pelo menos um!
É sempre bom devorar um desertor no desjejum.


(*Cortina*)

# Quarto ato

*O paraíso. Nuvem sobre nuvem. Ambiente de brancura. Bem no meio das nuvens estão sentados os habitantes do paraíso. Matusalém discursa.*

MATUSALÉM

Santíssimos senhores!
Apressai-vos a arrumar as relíquias sagradas.
Purificai os dias.
Gabriel anuncia a chegada
de mais de uma dúzia de justos.
Santíssimos senhores!
Acolhei-os em vosso seio.
Estão famintos como ratos,
o inferno os enganou,
mas ainda estão perdidos, em devaneio...

VOZES DO PARAÍSO (*solenemente*)

Logo se vê — é gente muito digna.
Vamos acolher.
Sem dúvida, vamos acolher.

MATUSALÉM

Vamos pôr a mesa,
e sair todos, prontamente.
Uma recepção solene é o que tenho em mente.

VOZES DO PARAÍSO
O senhor como decano será mestre de cerimônia.

MATUSALÉM
Mas não sei...

TODOS
Está bem, está bem!

MATUSALÉM (*faz saudações e vai providenciar a mesa. Enfileira os santos*)
Venha cá, Crisóstomo.
Você faz o brinde de saudação:
— Nós, vai dizer, saudamos vocês, e Cristo também...
Você sabe bem, tem todos os livros na mão.
Você, Tolstói, fica aqui
tem uma boa aparência, fica bem decorativo, não?
Assim mesmo, é isso aí.
Vem pra cá Jean-Jacques.
Assim, façam um semicírculo, com empenho.
E eu vou dar uma olhada na mesa.
Filho meu, está ordenhando as nuvens?

ANJO
Sim, ordenho.

MATUSALÉM
Depois, põe tudo na mesa.
Corte também uma nuvenzinha,
para cada um uma fatiazinha.
Para os santos patriarcas a comida não é o importante,
mas os discursos de salvação têm de ser edificantes.

OS SANTOS

Tá bem, mas e daí?
até agora nada.
Parece que naquela nuvem, do lado,
há algo suspeito, inchado.
Chegaram! Chegaram! Chegaram! Chegaram!
Será que são eles?
Sujos assim no paraíso como uns limpa-chaminés.
O que fazer, vamos limpar, né?
Bem se vê que os santos são gente diferente.

OUTRAS VOZES (*chegando de baixo*)

Berram os fuzis!
Roncam os canhões!
Nós somos o Cristo e o salvador!

(*Irrompem os impuros, abrindo um buraco na nuvem do chão*)

IMPUROS (*em coro*)

Ai, quanto barbudo!
Quase uns trezentos!

MATUSALÉM

Entrem, entrem, façam o favor —
aqui é porto seguro!

VOZ ANGELICAL

Mas deixaram entrar um pessoal amalucado!

ANJOS

Oooi! Oooi!
Sejam bem-vindos ao outro lado!

Mistério-bufo

MATUSALÉM

Então vai lá, Crisóstomo, faça o brinde.

IMPUROS

Vá com seu Crisóstomo para o raio que o parta!
Um brinde? Se liga!
Não temos nada na barriga!

MATUSALÉM

Paciência, irmãos!
Já, já, terão para si uma mesa farta.

(*Conduz os impuros a um lugar onde, numa mesa de nuvem, há leite e pão de nuvem*)

CARPINTEIRO

Andei tanto.
Mas não tem cadeira aqui do outro lado?

MATUSALÉM

Não, senhor,
no paraíso não tem cadeira, não.

CARPINTEIRO

Vocês não têm pena do Todo Poderoso?
Lá de pé todo arqueado.

MINEIRO

Não fique irritado.
Recompor as forças é o principal.

(*Atiram-se sobre a leiteira e os nacos de pão; no princípio, se surpreendem; depois, indignados, jogam tudo fora*)

MATUSALÉM

Comprazidos?

CARPINTEIRO (*ameaçador*)

Comprazido, comprazido!
Mas será que não tem nada mais substancial?

MATUSALÉM

Acha que criaturas incorpóreas
podem em vinho se molhar?

IMPUROS

Esperamos por vocês, seus malditos,
e resignados morremos.
Se todos soubessem o que vinha pela frente!
Paraísos como este
já temos lá o suficiente.

MATUSALÉM (*indicando o santo para o qual berra o ferreiro*)

Não gritem, isso não fica bem.
Ele tem patente angelical.

PESCADOR

Seria melhor falar com o da patente:
talvez ele nos arrume uma sopa quente.

VOZES DOS IMPUROS

Que isto era assim, nem podíamos imaginar.

CAÇADOR

Isso aqui é um covil!
Um verdadeiro covil!

Mistério-bufo

CHOFER

Nem parece o paraíso, onde já se viu?

SAPATEIRO

Assim, meus queridos,
chegamos enfim ao paraíso.

SERVO

Mas é um fim de mundo!
Viemos aqui para isso?

CAMPONÊS

E vocês, ficam assim meditabundos?

UM DOS ANJOS

Não, pra quê?
Muitas vezes temos de ir até a terra,
visitar um fiel irmão ou uma fiel irmã —
e então regressamos,
depois de deixar o bálsamo que alivia a dor.

SERVO

É por isso que perdem as pluminhas pelas nuvens?
Seus bobos!
Arranjem um elevador.

SEGUNDO ANJO

E bordamos nas nuvens as marcas principais —
NSJC —
De Jesus Cristo são as iniciais.

SERVO

Só falta me dizer que adoram sementes de girassol.

Para que tapar o sol?
Gente de província, e só!

CAMPONÊS

Queria ver é descerem à terra comigo:
acabava com a moleza desses mandriões.
Assim se ouve cantar:
"Abaixo a tirania, abaixo a escravidão".
Até vocês vão chegar,
mesmo no alto, onde vocês estão.

COSTUREIRA

Exatamente como em Petersburgo:
gente amontoada,
e a comida devorada.

IMPUROS

Ai, como é chato aqui.
De uma chatice danada!

MATUSALÉM

Nosso sistema é assim, por mais que os desagrade.
Realmente,
não temos muita comodidade.

INTELECTUAL (*olha ora para Lev Tolstói, ora para Jean-Jacques Rousseau, dirige-se a este último*)

Estou olhando bem para todos aqui,
para o senhor aí,
e para Lev Nikoláevitch.
esses rostos são todos conhecidos!
E o senhor?
Não é Jean-Jacques Rousseau?

Ah!
Permita-me lhe falar!
É tamanha a alegria que me invade!
Não foi o senhor que escreveu
sobre a fraternidade, igualdade, liberdade?
Não foi o senhor que escreveu *O contrato social*?
Meu Deus!
Há muito aprendi tudo direitinho!
Permita-me expressar meu carinho.
O que mais amo na vida é um discurso liberal.
Não vou mais pra parte alguma.
Daqui não saio de maneira nenhuma.
Que se mandem esses impuros sem cultura,
gostaria de esticar um pouquinho
esta conversa fraternal.
No seu *Contrato social*...

CAMPONÊS

Como é que dá pra escapar daqui?

MATUSALÉM

Pergunte ao Gabriel.

CAMPONÊS

Mas quem é o Gabriel?
Aqui todo mundo é igual!

MATUSALÉM (*acariciando a barba com orgulho*)

Ah! Não diga isso, não.
Há sim uma distinção.
Veja, por exemplo, de cada barba a extensão.

IMPUROS

Pra que tanta falação?

Acabem logo com isso!
Não é pra nós esta instituição.

CONCILIADOR

Psiiiu!
Camaradas! Vamos à conciliação!
Larguem esse debate tão intenso!
Não dá no mesmo a que classe eu pertenço?

(*Aos anjos*)

Olhem só,
que rapaziada!
Em vosso lugar
não estaria nem um pouco contrariado:
a melhor parte da sociedade
é o proletariado!

(*Aos impuros*)

Vocês também são gente boa!
Vejam só o seu nível!

(*Apontando para Matusalém*)

Ele não é Wrangel,[7]
é só um anjo!

MATUSALÉM

Eu, me conciliar com o quê?
Deus que me proteja!

---

[7] Referência a Piotr Nikoláievitch Wrangel (1878-1928), um dos mais famosos generais dos exércitos brancos durante a Guerra Civil na Rússia. (N. da T.)

Mistério-bufo

FERREIRO

Eu me conciliar com você!
Só se for para uma peleja!

(*Batem no conciliador*)

CONCILIADOR (*choramingando*)

A gente faz o melhor que pode,
e tudo vai mal.
No final, para os dois lados sou o bode!
Pois é!
Tentei conciliar,
e quase bati com as dez.

CAMPONÊS

Para a terra prometida!
Em busca do paraíso!
Todos na estrada!
Nascemos para isso!

CORO

Vamos encontrar!
Nem que seja preciso vasculhar o universo todo!

MATUSALÉM (*ao ver o paraíso sendo destruído pelos impuros, grita com voz ameaçadora*)

Socorro!
Pega!
Segura!
Que um raio os parta, Senhor Todo-Poderoso!

(*Em meio a trovões horríveis por entre as nuvens aparece o próprio Jeová com um monte de raios*)

Vladímir Maiakóvski

JEOVÁ

Agora todos vocês meus raios vão despedaçar!

SOLDADO DO EXÉRCITO VERMELHO (*com reprovação*)

Como crianças,
foram logo à mamãe se queixar.

(*Com o rosto contraído e prevendo um escândalo sem precedentes, vocifera o conciliador*)

CONCILIADOR

Ai! Olhem lá!
É o próprio Jeová!
Estou tremendo!
Vou desmaiar!
Minhas pernas não aguentam mais!

(*Aos impuros*)

Pensem bem!
É melhor a conciliação!
Onde pensam que vão?
Contra o bom Deus do coração!

JEOVÁ (*mostrando o punho ao conciliador*)

Se eu não fosse o Deus de Israel,
Mandava essa sua conciliação pro beleléu!...

FERREIRO

Nós,
trabalhadores,
com esse Deus viveremos em harmonia?
Esse acordo vai nos meter numa fria!

(*Batem no conciliador*)

Mistério-bufo

CONCILIADOR (*choramingando, mas com respeito*)

O convencimento não é coisa que se verifique.
E o punho dele, é uma coisa de louco!
Mas se eu conciliar mais um pouco,
é capaz de cair meu verniz menchevique.

MAQUINISTA (*mostrando Jeová que ameaça com alguns raios, sem soltá-los, temendo atingir seus próprios Matusaléns*)

Precisamos tomar esses raios divinos.
Peguem logo!
Hão de servir-nos
para a eletrificação.
Nada adianta desperdiçar tanto trovão!

(*Lançam-se para tirar os trovões de Jeová*)

JEOVÁ (*com tristeza*)

Me roubaram!
Me danei!

MATUSALÉM

E agora como vamos os pecadores enfrentar?
É melhor com o negócio acabar!

(*Os impuros destroem o paraíso e se movimentam para cima, levando consigo os raios*)

FERREIRO

A aurora ilumina,
vamos em frente!
Ao paraíso!
Lá todos comerão contentes...

(*Mas quando por entre as ruínas chegam até o topo, a costureira interrompe o ferreiro*)

COSTUREIRA

Para que servem as auroras aos esfomeados!?

LAVADEIRA (*cansada*)

As nuvens arrebentamos
sem descanso.
Será que já não é tempo o bastante!
Será que nossos corpos cansados
em algum maio serão lavados?

OUTRAS VOZES

Para onde ir?
Cair no inferno de novo?
Fomos tapeados!
Fomos enganados, meu povo!
Em frente, para onde?
Quanto mais pra frente, piores as coisas ficarão.

(*Refletindo*)

Pra frente, limpa-chaminés! Vai, espião!

(*Das trevas e das ruínas do paraíso cria-se um novo quadro. O conciliador se separa pensativo do grupo de impuros que avança*)

CONCILIADOR

Passaram pelo paraíso,
o inferno deixaram também,
e todos vão mais além.
Será que voltar atrás não me fará bem?
Esta casta angelical até que tem cara boa.
São cordatos, conheço essas pessoas.

Mistério-bufo

Se eles querem ir, que sigam numa boa.

(*Acena com a mão despedindo-se dos impuros*)

Para junto de Tolstói
quero estar.
Grande figura!
Da resistência ao mal
vou me ocupar...


(*Cortina*)

# Quinto ato

FERREIRO
Ei!
Por que pararam?
Continua!

LANTERNEIRO
Não dá pra passar aqui,
montanhas estão no meio da rua.
Agora como é que avançamos?

COSTUREIRA
Fizemos muitos cacos em três anos!

(*Examinando os cacos*)

Vejam só os restos da arca.

SOLDADO DO EXÉRCITO VERMELHO
Restos do Negus da Abissínia também.

SAPATEIRO
Um pedacinho do paraíso.

CAMPONÊS
Um caco do inferno.

LANTERNEIRO

Que fazer?
Não se tem pra onde ir —
nem lugar pra sentar.

FERREIRO

Que fazer? Que fazer?
Precisamos desentulhar.

CAMPONÊS

Então ficar pensando não vai ajudar em nada:
vamos nos organizar, camaradas,
e começar a trabalhar.

SOLDADO DO EXÉRCITO VERMELHO (*com gravidade*)

Há organizações e organizações.
Primeiro é preciso
achar a rota certa.
A organização deve
se renovar, esse é meu alerta.

MINEIRO (*descontente*)

E mais essa!
Renovar é um absurdo total!
Nomear um responsável, isso é o que interessa!

LAVADEIRA (*desafiadora*)

Nomeação...
Essa não!
Precisamos de alguém que sirva de tampão.

(*Os impuros se amontoam, berrando uns com os outros*)

ESQUIMÓ
Só que, para mim,
tudo isso vai contra
o dogma marxista e sua forma.
Defendo
uma outra plataforma:
a Rússia operária salvar,
os grilhões da fome e da miséria arrebentar.

CAMPONÊS (*sem esperança*)
De novo o desacato!

FERREIRO (*separando os que brigam*)
Camaradas,
Já chega!
Isto aqui não é sindicato.

MAQUINISTA
Um tampão?!
Passou perto:
até que a lavadeira tem um bom tampão
mas as locomotivas estão sem rodas.
Essa é que a questão!

FERREIRO
De novo a falação,
tudo em vão.
Nos jornais — um montão —
ao trabalho!
Vamos em frente!
Pá e picareta na mão!

CORO (*removendo os despojos*)
Então,

Mistério-bufo

121

faço uma,
faço duas.
Pra que contar?
Faço uma vez mais!

CONCILIADOR (*surgindo de uma nuvenzinha com a inscrição: "Berlim"*)
O-o-o!
Camaradas,
parem de trabalhar!
Vocês bem sabem,
não vou aconselhar à toa;
do meu paraíso estrangeiro pude ver tudo, numa boa.
Parem de trabalhar, minha gente.
Com isso não vamos conseguir nada decente!
Comigo hão de concordar...

FERREIRO
Fica mostrando o focinho,
mas cuidado:
qualquer errinho
e o martelo voa na sua cara.

CONCILIADOR
Ara!

(*Ele fecha a nuvem instantaneamente*)

MINEIRO (*para, com a picareta levantada*)
Camaradas,
Estão escutando!?
Um berro!
Alguém entre os escombros
está vivo!

Vladímir Maiakóvski

Vamos rápido
averiguar esse grito!

*(Logo depois dessas palavras põem-se a escavar com esforço redo-
brado e das nuvens surgem uma locomotiva e um barco)*

LOCOMOTIVA

Ei!
Escutem o gemido da locomotiva!
Nem posso suspirar!
Nem fumaça posso fazer!
O que queremos é comida!
Um bom pão preto do Don, é boa pedida!

MAQUINISTA

Você, minha amiga,
morrer não vai, não,
fique tranquila.
Arrancaremos o carvão
do fundo da terra,
um novo caminho seguiremos então.

BARCO

O-o-o!
Deem-me as fontes dos rios para beber!
Rombos de todo lado vão ver!
Botem-me no estaleiro!
Deem-me petróleo de Baku!
U-u-u-u-u!

MINEIRO

Ei, camaradas,
sigam meus passos!

Mistério-bufo

Por que cruzaram os braços?
Vamos para debaixo da terra,
procurar o carvão que lá se encerra!
Petróleo vamos achar!
Não vai nos escapar!

CORO

Levantem a picareta!
Trabalhadores de choque, é hora!
Enterrem com força a marreta!
Cravem na terra a broca!

DEVASTAÇÃO

Para trás!
Para que batem os martelos?
Para trás! Quem vai querer discutir comigo?
Sou a devastação!
E aqui vou reinar, instalar o meu castelo.
Serei a rainha:
vou engolir a máquina,
e devorar a locomotiva.
Com apenas um sopro meu,
a fábrica se desalinha.
Um sopro mais,
e a usina de desativa.
Só um olhar,
e a locomotiva não vai passar.
Apenas uma mordida,
e os caminhos de ferro serão roídos.
De fome
e de frio se consome
a cidade e some
a aldeia de frio e de fome.
Para trás!

Detesto o trabalho bem disposto.
Para trás!
Vamos acabar com isso bem a nosso gosto.
Venham comigo, meu exército
é de preguiçosos e aproveitadores!
Venham comigo, meu fiel exército
tem apenas especuladores!

(*A tropa rodeia a devastação*)

CORO

Para trás!
Para que batem os martelos?
Para trás!
Quem vai querer com a devastação
discutir?

DEVASTAÇÃO

De joelhos!
Sou a rainha devastação, e vocês são meus vassalos.
Com a fome vou estrangulá-los.

FERREIRO

Chega!
Vamos destruir essa rainha com o martelo!
Às armas!

MINEIRO (*avançando sobre a devastação*)

Vamos lutar pelo carvão!

(*Para os especuladores*)

E contra esses aí!
Todo mundo viajou por cima do vagão,
feliz e contente.

Mistério-bufo

Agora chega!
Vamos pôr todos no batente!

FERREIRO

Peguem os sanguessugas!
Abaixo o mandrião!
Todos ao trabalho até a exaustão!

(*Os impuros avançam e a "tropa" recua*)

MINEIRO (*aparece debaixo da devastação*)

E será que sob o jugo da devastação vamos nos curvar?
Camaradas!
As trincheiras das minas vamos arrebentar!

CAMPONÊS

As trincheiras são cicatrizes na superfície da terra.

CAMPONÊS e MINEIRO

Pão e carvão:
com essas armas não se erra.

FERREIRO (*todos atacam a devastação. O final do discurso acontece sobre a devastação, destroçada*)

Hurra!
Avante!
A devastação vai se render!
Um último golpe
vamos arremeter...
Capitulou!
Acabou!
Saia já daí!
Ficou livre
a porta para o futuro...

(*Aponta a descida para uma mina*)

Por aqui.
Vamos entrar,
para cavar mais e mais.
Cante:
"E este será
o combate
definitivo e final".

(*Seguem até a mina. As vozes vão se extinguindo ao longe*)

MINEIRO (*empurrando um vagão cheio de carvão*)
   É o primeiro de Moscou!

LOCOMOTIVA
   Obrigada.
   Estou contente.
   Agora vamos consertar.
   Coloque o macaco.

MAQUINISTA (*roda um barril de petróleo*)
   Eis uma oferta de Baku.

BARCO
   Pronto:
   já não tenho nenhum buraco.

MINEIRO (*com mais um vagão*)
   E pra você do Don vem um presente.

LOCOMOTIVA
   Obrigada.
   Agora as caldeiras acendem.

Mistério-bufo

MAQUINISTA (*com mais um barril*)
E pra você mais um lhe darão.

BARCO
Obrigado.
Agora os motores estão em ação.

MAQUINISTA (*com mais um barril*)
E pra você um presente de Ukhtá.

MINEIRO (*mais um vagão*)
E pra você um dos Urais.

BARCO e LOCOMOTIVA
Revivemos.
Hurra!

LOCOMOTIVA
Correm as rodas.

BARCO
Renasci.
Agora vou navegar.

(*Dos buracos das minas saem correndo os impuros e se precipitam uns sobre os outros*)

MAQUINISTA
Vou na sua direção.

MINEIRO
Vou na sua direção.

FERREIRO

E eu também.

LAVADEIRA

E eu também.

SOLDADO DO EXÉRCITO VERMELHO

Fantástico!

COSTUREIRA

Incrível!

ESQUIMÓ

Que notícia impressionante!

MINEIRO

Lá, atrás do último mirante...

MINEIRO e MAQUINISTA

Lá tem alguma coisa, o que seria?

MINEIRO

Vou só fazer esta última galeria...

MAQUINISTA

E eu vou fazer rolar
o último barril...

MINEIRO

Ouviu?
Bem distante, bem distante...

MAQUINISTA

Viu?

Bem distante, bem distante...
Quase não há olho que alcance...

MINEIRO

Escuto uma canção,
as rodas em rotação,
das fábricas a pausada respiração...

MAQUINISTA

Vejo o sol,
vejo o dia nascer,
uma cidade, pode ser?

SOLDADO DO EXÉRCITO VERMELHO

Parece que ganhamos,
já bem à porta
do verdadeiro paraíso
parece que estamos.

LOCOMOTIVA

A locomotiva está pronta.

BARCO

O barco está pronto.

MAQUINISTA

Entrem.
Depressa para o futuro.

SOLDADO DO EXÉRCITO VERMELHO (*sobe na locomotiva, atrás dele vão os outros*)

A estrada é reta,
limpa e lisa.
O primeiro será você:

avante, maquinista!
Pelos mares!
Pelos trilhos!
Conquistamos com labor,
próximo está um futuro melhor.
As distâncias devoramos,
máquinas a todo vapor.
Para o futuro marchamos,
sobre máquinas em furor.
Marcha sobre marcha!
Passo sobre passo!

CORO (*repetindo*)

Avante!
Máquinas a todo vapor.


(*Cortina*)

# Sexto ato

*A terra prometida. Uma porta enorme. Em certos cantos, delineiam-se levemente ruas e praças de regiões terrestres. Por sobre a porta, alguns arcos-íris, telhados e flores imensas. Junto à porta, um espião agitado chama os impuros que vêm galgando.*

MINEIRO

    Por aqui, camaradas!
    Aqui!
    Desembarquem o pessoal!

*(Os impuros se levantam e abrem a porta, surpresos)*

MINEIRO

    Que maravilha!

CARPINTEIRO

    Mas isso aqui é Ivânovo-Voznessiensk!
    Bela coisa maravilhosa!

SERVO

    Como é que se pode acreditar nesse bando de vigaristas?

FERREIRO

    E se isto aqui não é Voznessiensk,

Mistério-bufo

pode acreditar:
é Marselha que se vê.

SAPATEIRO

Pra mim, é Chuia que se avista.[8]

CHOFER

Que Chuia, o quê.
É Manchester.

MAQUINISTA

Vocês não têm vergonha de dizer tal disparate!
Que Manchester, o quê? Pirou?
Isto aqui é Moscou.
Ficaram cegos, ou o quê?
Olhem só, é a Tverskaia,
ali é a Sadóvaia,
e este é o teatro RSFSR.[9]

CAMPONÊS

Moscou, Manchester, Chuia —
não é nada disso:
o principal é que
fomos parar na terra de novo,
voltamos ao mesmo lugar, é o que se espera.

---

[8] Pequena cidade localizada a 250 quilômetros a nordeste de Moscou. (N. da T.)

[9] Referência ao Teatro Número Um da República Soviética Federativa Socialista da Rússia, no qual foram encenados muitos espetáculos do teatro russo de vanguarda, dirigidos por Vsiévolod Meyerhold (1874-1940). (N. da T.)

TODOS

É que é redonda
a maldita terra!

LAVADEIRA

É a terra, sim, mas não deve ser a mesma!
Se fosse a terra,
vocês não acham que teria algum odor?

SERVO

E essa doçura no ar?
Flores de pêssego, um cheirinho adocicado.

SAPATEIRO

Pêssegos?
Em Chuia?
Só se o outono está atrasado!

(*Levantam as cabeças e o arco-íris cega seus olhos*)

SOLDADO DO EXÉRCITO VERMELHO

E então, lanterneiro,
pega sua escada —
sobe lá
e dá uma olhada.

LANTERNEIRO (*sobe e para petrificado, balbuciando apenas*)

Ah! Como somos bobos!
Bobos é o que somos!

SOLDADO DO EXÉRCITO VERMELHO

Mas diz aí!
Parece um espantalho!

Mistério-bufo

Conta logo,
sua anta!

LANTERNEIRO

Não posso!
Minha língua não dá conta!
Deem-me,
deem-me uma linguinha boa.
Mais pura e mais límpida que um raio de sol,
e não fique como um farrapo dependurada,
e sim como a lira que ressoa,
e que pelo ourives como sino é badalada,
e da boca ressoe o canto de rouxinol...
E como dizer!
Então ninguém chora, ninguém berra!
Arranha-céus parecem cobrir a terra!
As casas são unidas por ágeis pontes!
Nas casas
é tanta comida, que desvario!
E para servir, produtos aos montes.
Nas pontes,
fios de trens fugidios!

CORO

Como, fios?

LANTERNEIRO

Isto mesmo, fios!
Luzes
fazem os olhos esbugalhar!
O esplendor
de milhares de volts fulgurantes
podem cegar num instante!
A terra brilha e cintila!

136                                    Vladímir Maiakóvski

CORO

Cintila?

LANTERNEIRO

Como cintila!

SOLDADO DO EXÉRCITO VERMELHO

Todos para isso trabalhamos.
Por que se admirar?

MAQUINISTA

Trabalhar, trabalhamos,
mas nem posso crer
que milagre
o trabalho pode oferecer.

CAMPONÊS

Chega de mentiras!
Que belo professor!
Figos nunca nascerão de uma acácia.

LANTERNEIRO

Mas que audácia!
É a eletrificação!

CORO

Eletrificação?

LANTERNEIRO

Isto mesmo,
eletrificação.
Tomadas colossais
ligam os cabos em conexão.

Mistério-bufo

MAQUINISTA

Que maravilha!
Nem os cientistas teriam acreditado.

LANTERNEIRO

Lá vai um trator elétrico!
Uma semeadeira elétrica!
Uma debulhadora elétrica!
E num segundo
o pão há de estar assado.

CORO

Assado?

LANTERNEIRO

Sim, senhores,
assado.

PADEIRO

E a patroa empetecada,
e o patrão com cara de buldogue —
ainda tropeçam nas calçadas
tomando uns grogues?

LANTERNEIRO

Não,
daqui não se vê.
Nunca vi nada igual.
É um pão de açúcar!
E ainda mais dois!

COSTUREIRA

Açúcar?
Estão ouvindo?

Como fazer?
Antes do dilúvio nem consegui
arranjar o cartão para comer.

CORO
Não dá pra dizer de maneira mais detalhada?

LANTERNEIRO
Pois vejo uma caminhada
de toda sorte de coisas
e de iguarias variadas.
Tudo tem pés e mãozinhas.
Nas fábricas, bandeiras desfraldadas.
No entorno,
onde quer que se olhe,
descansam por entre flores,
máquinas e tornos.

IMPUROS (*inquietos*)
Parados?
Sem trabalhar?
E nós aqui com esse blá-blá-blá!
Se a chuva cair
vai estragar todas as máquinas!
Ah! Vamos arrebentar!
Gritar até estourar!
Ei!
Quem vem lá?

LANTERNEIRO (*rolando escada abaixo*)
Vêm vindo!

TODOS
Quem?

Mistério-bufo

LANTERNEIRO
As coisas vêm vindo.

*(As portas se abrem de par em par e a cidade aparece. E que cidade!*
*Fábricas e apartamentos enormes e transparentes despontam contra o céu.*
*Veem-se trens, bondes e automóveis rodeados pelo arcos-íris. No meio, um*
*jardim de luas e estrelas, coroado pelo halo resplandecente do sol. Das*
*vitrines descem as melhores coisas, conduzidas pela foice e o martelo e,*
*com o pão e o sal, dirigem-se para as portas. Em fila os impuros, emude-*
*cidos, se amontoam)*

IMPUROS
A-a-a-a-ah!

COISAS
Ha-ha-ha-ha-ha!

CAMPONÊS
Quem são vocês?
De quem são vocês?

COISAS
Como de quem?

CAMPONÊS
Como se chama seu dono?

COISAS
Aqui não tem dono.
Não queremos ser de ninguém.
Delegados nos declaramos.
A foice e o martelo
vieram acolhê-los.
Somos o brasão republicano.

140                                      Vladímir Maiakóvski

CAMPONÊS

E o pão?
E o sal?
E o pão de açúcar?
Para quem são?
Por acaso esperam o governador?

COISAS

Não —
vocês.
É tudo pra vocês.

LAVADEIRA

Chega de conversa fiada!
Aqui não tem criança!
Pelo visto,
querem comprar tudo por debaixo do pano.
Pelo visto,
um bando de especuladores
há por detrás de tudo isto.

COISAS

Nada de especulação,
prestem bem atenção.

SERVO

Já entendi!
Vão guardar no MPK[10]
e dentro de um ano vão distribuir
uma raçãozinha de nada.

---

[10] Sigla do Comitê Moscovita de Gêneros Alimentícios [*Moskovski Prodovólstvenni Komitiet*]. (N. da T.)

Mistério-bufo

COISAS

Em lugar algum há coisas estocadas.
Podem pegar até uma tonelada.

PESCADOR

Isto parece sonho.
Ou coisa da imaginação.

COSTUREIRA

Uma vez,
vejam só,
fui me sentar
lá no fundo do teatro.
No palco, *La Traviata*.
Estavam todos na
dança,
e também na
comilança.
Na saída,
só lama e sujeira,
a vida parecia amarga.

COISAS

Agora não terão mais essa sobrecarga.
Isto é a terra em si.

FERREIRO

Chega de engodo!
Que terra, o quê!
A terra é o escuro,
a terra é o lodo.
Na terra, a gente tem que trabalhar, suar a camisa.
Aí chega um gordão e deixa a turma lisa.

LAVADEIRA (*ao pão*)

Ele nos convida,
mas ele mesmo,
receio,
vai nos dar uma mordida.
Cem mil rublos são decerto cem mil dentes
em cada quilo para nos meter.

MAQUINISTA

Essa, ainda!...
Lá vêm chegando!...
Querem se aproximar como ratazanas.
Já não basta o tanto que a máquina nos atazana!
Destroçou os operários com seus dentões.

MÁQUINAS

Mil perdões, operários!
Operários, mil perdões!
Vocês construíram,
produziram,
fundiram.
E nos pegaram,
escravizaram.
Máquinas, marchar!
E as máquinas se puseram a marchar!
Aço sem cansaço,
aço sem descanso —
e nos ordenaram carregar gordões sobre rodas,
e nos ordenaram trabalhar para eles nas fábricas.
É assim que agem.
Durante séculos,
rodas, engrenagens
e aparelhos
vos dilaceraram.

Mistério-bufo

Gritem, motores,
a alegria é grande —
os gorduchos, conseguimos abatê-los,
a liberdade será nossa doravante!
Das fábricas, o apito!
Das rodas, o giro!
Deslizemos pelas linhas de ferro, pelos trilhos.
O mundo é um carrossel
que na noite escura lança seu brilho,
vamos a ele operariado fiel.

COISAS

E nós, nós seremos coisas úteis!
Tenazes, agulhas, serras e martelos.
Mal o dia irrompe amarelo,
lá está você, a nós subalterno.
Agora com a camarilha dos donos demos cabo,
tudo pra você forjamos e aplainamos.
A você, com o dorso arrebentado,
hoje clemência queremos dar.
Na forja imensa um novo paraíso criamos
e o martelo se erguerá no ar como brinquedo.

ALIMENTOS

Por nós — mercadorias, comidas e bebidas —
operários sofreram desgraças desmedidas.
Sem pão não há no homem bravura,
sem açúcar, não há humana doçura.
Com trabalho duro nos abocanharam,
mas nós é que, afinal, suas moedas devoramos.
Com a boca sedenta de milionários mimos,
das vitrines das lojas como cães latimos.
Vocês os parasitas enxotaram: fora!
E agora o pão é doce e livre.

Tudo que ontem era dor e cobiça,
hoje podem pegar e comer essa delícia.

MÁQUINAS, COISAS e ALIMENTOS (*em coro*)
Tomem tudo, é de vocês!
Peguem!
Venham!
Tudo para trabalhar,
tudo para comer!
Venham, peguem!
Venha o vencedor!

FERREIRO
Mandato, talvez hão de querer.
Mandato não temos, não.
Viemos direto do paraíso,
e antes no inferno demos uma passada.

COISAS
Que é isso?
Já não precisam de mandato, nem nada.

CAMPONÊS
O pé não é navalha —
se pisar, não vai machucar!
Então, vamos lá, irmãos,
vamos entrar!

(*Os impuros andam*)

FERREIRO (*tocando a terra*)
É a terra!
Ela mesmo!
Terra querida!

Mistério-bufo

TODOS
Vamos cantar!
Vamos gritar!
Rezar!

PADEIRO (*ao carpinteiro*)
O açúcar
já lambi.

CARPINTEIRO
E daí, é doce?

PADEIRO
É bem doce, sim.

ALGUMAS VOZES
Agora a alegria não vai ter fim.

CAMPONÊS (*com júbilo*)
Camaradas coisas,
Sabem de uma coisa?
Chega de adivinhar o destino!
Nós faremos vocês,
e vocês nos alimentam: é o que determino.
E se o patrão nos importunar, não vai sair ileso!
Vamos viver de bem com a vida?

TODOS
De bem com a vida!
De bem com a vida!

COMERCIANTE (*aparece abrindo caminho entre a multidão, indignado*)
Mas não é nada disso!

Calma lá!
Alguma coisa tem que ficar para os concessionários!

FERREIRO

Fora daqui! Mas não se cansa?!
Seu trabalho acabou:
negociou até o leitinho das crianças.
Com você queríamos aprender;
conseguimos,
agora é dar o fora e muito prazer.

(*O comerciante é expulso e sai voando. Os impuros olham vorazes para as coisas*)

CAMPONÊS

Eu pego a serra.
Há tempos estou parado.
Sou jovem.

SERRA

Pode pegar!

COSTUREIRA

E eu, a agulha.

FERREIRO

Deem o martelo: minhas mãos por si já se movem!

MARTELO

Pegue! Acaricie!

(*Os impuros, as coisas e as máquinas fazem um círculo ao redor do jardim ensolarado*)

Mistério-bufo

MAQUINISTA (*para as máquinas*)

Eu as colocaria em movimento.
Será que se zangam?

MÁQUINAS

Que nada!
Acione a alavanca!

(*O maquinista aciona a alavanca. Bolas se acendem. Rodas começam a girar. Os impuros olham com admiração*)

MAQUINISTA

Nunca vi tamanha luz!
Isto não é a terra.
É um ardente cometa cuja cauda de trens reluz.
Pra que mugir como bois atrelados?
Esperamos,
esperamos.
Anos e anos esperamos —
e nunca enxergamos
a glória bem ao lado.
E pra que esta gente se mete nos museus?
Os verdadeiros tesouros estão em todo lugar!
E aquilo é o céu ou um pedaço de algodão?
Se nossas mãos fizeram tudo isso,
então quantas portas diante de nós não se abrirão?
Somos arquitetos do universo inteiro,
somos cenógrafos do planeta,
somos milagreiros,
vamos amarrar os raios todos juntos,
e as nuvens do céu,
com vassouras elétricas vamos varrê-las.
Vamos despejar no mel os rios do mundo,
e as ruas da terra pavimentar com estrelas.

Cavar!
Escavar!
Serrar!
Perfurar!
Todos, hurra!
Hurra para tudo!
Hoje essas portas são cenários,
mas amanhã a realidade vai suceder o teatral.
Tudo isso já sabemos.
Em tudo isso cremos.
Vem pra cá, espectador!
Você também, cenógrafo!
Poeta!
Diretor!

(*Sobem ao palco todos os espectadores*)

TODOS EM CORO
Adoradores do sol no santuário do universo,
vamos mostrar que somos bons de canto.
Em coro, de peito aberto,
vamos entoar para o futuro
os nossos salmos com um som e tanto!

(*Não se sabe de onde aparece o conciliador e com espanto olha para
a comuna. Compreendendo do que se trata, tira o chapéu respeitosamente*)

CONCILIADOR
Não,
um homem enérgico no paraíso não dá,
dessas caras de peixe morto não gosto nada nada.
O socialismo é fatal —
sempre falei isso e coisa e tal.

Mistério-bufo

(*Aos impuros*)

Camaradas, não precisam esgoelar,
no canto, é claro, temos que concordar.

(*Vai para o lado e com a mão dirige baixinho o coro. O ferreiro o afasta respeitosamente*)

IMPUROS (*cantam*)

Com o trabalho enorme de milhões
destruímos o cárcere do passado.
Acorrentado pela maldita escravidão,
o mundo hoje foi libertado.
O jugo vil desfez-se em pó,
em cacos voou pelos ares;
a comuna encantada veio a nós.
A todos, portas escancaradas.

Este é o hino da vitória,
Cantai, todo o universo, cantai!
Ao som da Internacional
a humanidade ressurgiu.

A salvação não veio lá de cima.
Nem deus nem diabo por nós se levantou.
De armas na mão, foi ao combate
e tomou o poder a classe do trabalhador.
Reuniu-se o mundo na comuna,
um grupo unido a trabalhar:
de nossas mãos, de forma alguma,
jamais o tentem arrancar.

Este é o hino da vitória,
Cantai, todo o universo, cantai!

Ao som da Internacional
a humanidade ressurgiu.

Desaparece para sempre a lembrança do passado.
Cai o burguês — profundo é o talho.
Agora de toda a terra tomamos posse,
somos soldados das fileiras do trabalho.
Venham de fábricas e campos,
de cidades e vilarejos!
De ponta a ponta a terra é nossa,
quem nada era — tudo é.

Este é o hino da vitória,
Cantai, todo o universo, cantai!
Ao som da Internacional
a humanidade ressurgiu.

(*Cortina*)

FIM

# O teatro de Maiakóvski: mistério ou bufo?

*Arlete Cavaliere*

A obra e a vida de Vladímir Maiakóvski (1893-1930) estiveram sempre intimamente associadas de forma excêntrica e até escandalosa. Uma trajetória subjetiva aparece de maneira muito nítida no centro de sua produção artística. Maiakóvski participou de um complexo momento histórico da Rússia durante as décadas de 1910 e 1920, e esteve ligado às mais avançadas pesquisas estéticas do período (tanto na Rússia quanto no Ocidente) no que se refere às investigações e experiências renovadoras em poesia, pintura e teatro.

A sua personalidade, não só como artista, mas também como homem de sua época, tornou-se quase um símbolo da Revolução Russa de 1917, pois o poeta futurista considera-se, desde cedo, um "artista do proletariado" e "a serviço do poder operário", embora o seu vigor e o seu entusiasmo criativos se voltassem, sobretudo, para a busca incessante de uma inovação estética e artística capaz de expressar o *páthos* do momento revolucionário e de contribuir de maneira fundamental para a criação de um mundo novo que, então, se projetava a partir da recém-criada sociedade soviética.

Por isso, o individual e o coletivo se misturam em sua obra. E a subjetividade do poeta, exibida numa blusa de fustão amarela com grandes listas pretas, desfilava naqueles anos pelas ruas de Moscou de modo ostensivo, junto a um grupo de artistas, poetas, pintores, músicos e diretores de teatro que, fruto da inquietação de todo um momento histórico, buscava também nas artes uma transformação radical.

Esses artistas se autodenominaram *budietliánie* (de *búdiet*, "será", do verbo *byt*, "ser") e Vladímir Maiakóvski foi, sem dúvida, um de seus representantes mais significativos. A denominação *futuristy* (futuristas) tinha caráter pejorativo e fora empregada por aqueles que os criticavam, mas, apesar disso, acabou por ser aceita por Maiakóvski e seus companheiros, embora manifestassem preferência pelo termo *budietliánie*.

A transformação direta do cubismo em poesia se encontra no futurismo russo. É nessa perspectiva que é possível avaliar a importância do cubismo para o desenvolvimento do que podemos denominar a estética do futurismo russo.

O futurismo russo foi apenas o estágio final de uma determinada trilha da arte moderna, iniciada no final do século XIX. Na Rússia, desde o início do século XX, Serguei Diáguilev (1872-1929) veicula, através da revista *Mir Iskússtva* [*O Mundo da Arte*], o novo clima e as novas ideias e tendências artísticas como o impressionismo e, logo depois, o cubismo francês e, em menor grau, o expressionismo alemão. O grupo O *Mundo da Arte* inicia, assim, uma luta contra uma estética que atenta mais às mensagens sociais do que à cor e à composição da obra artística.

O termo "futurismo" abrangeria uma grande variedade de fenômenos na obra criadora de muitos indivíduos, tendo, apesar disso, alguns denominadores comuns. De fato, é difícil enfeixar no conceito de futurismo a ideia de um grupo absolutamente unificado. No entanto, entre os vários grupos que o integram na Rússia, há um forte protesto contra os simbolistas, cuja importância fora fundamental no quadro do desenvolvimento da poesia e da arte russas.

O simbolismo russo, como bem mostra Krystyna Pomorska, de certa forma preparou o caminho para a pesquisa sonora da poesia futurista.[1] Criando a "poesia como música" e a "poesia de nuances", os simbolistas auxiliaram a destruir a "poesia como pensamento em imagens". Por sua vez, os futuristas se descartaram do misticismo filosófico de seus antecessores e colocaram em seu lugar "uma abordagem poética poderosamente técnica".[2]

Assim, por volta de 1912 há um grande movimento de protesto antissimbolista que alimentará toda a orientação estética das vanguardas russas em suas várias modalidades artísticas. A ala realmente revolucionária desse amplo movimento ficou a cargo dos cubofuturistas. Outro ramo do futurismo russo foi o egofuturismo, fundado por Igor Severiánin em 1911, cuja cultura poética mantinha ainda fortes raízes na poesia do final do século, distanciando-se do radicalismo dos cubofuturistas.

Certamente, o cubismo, ao propor o conceito de "forma" como problema artístico básico, exercerá grande impacto nas preocupações estéticas dos cubofuturistas: a arte verbal e a arte visual cessariam de imitar a natureza pela descrição de seus objetos. O mundo artístico e o mundo poético tornam-se, assim, válidos por si próprios, e a "inteligência" do artista substitui a sua "observação".

Os cubofuturistas surgiram em abril de 1910 com o almanaque *Sadok Sudiéi* [*Armadilha para Juízes*], redigido por Velimir Khliébnikov, os irmãos David e Nikolai Burliuk, Vassili Kamiênski e Elena Guro.

A estreia de Maiakóvski no grupo se dá logo depois de conhecer David Burliuk na Escola de Pintura, Escultura e Arquitetura de Moscou, no ano de 1911. Em sua autobiografia *Eu mesmo* [*Iá sam*], o poeta relembra a noite de 4 de

---

[1] Krystyna Pomorska, *Formalismo e futurismo*, São Paulo, Perspectiva, 1972.

[2] *Op. cit.*, p. 163.

O teatro de Maiakóvski: mistério ou bufo?

fevereiro de 1912 como uma data fundamental para a história do cubofuturismo:

"A Sala de Reunião da Nobreza. Um concerto. Rachmaninoff. A ilha dos mortos. Fugi da insuportável chatura melodizada. Instantes depois, Burliuk também. Soltamos gargalhadas, um na cara do outro. Saímos para vadiar juntos.
Uma noite memorabilíssima. Conversa. Da chatura rachmaninoffiana passamos à da Escola, e da escolar a toda a chatura clássica. Em David era a ira de um mestre que ultrapassara os contemporâneos — em mim, o patético de um socialista que conhecia o inevitável da queda das velharias. Nascera o futurismo russo."[3]

De fato, não seria exagero afirmar que todo o teatro de vanguarda do primeiro decênio inspira-se nas invenções pictóricas com as formas e os ritmos do futurismo.

O teatro de vanguarda russo, especialmente aquele que explode com a Revolução de 1917, está orientado para uma concepção abstratizante da arte teatral, que se manifestava também na experimentação da pintura e da literatura russas. Este movimento teatral acompanhava as últimas tendências artísticas do Ocidente e as novas correntes estéticas, que desempenhavam um papel importante sobretudo para a renovação das artes visuais em seu desafio ao academismo e ao naturalismo.[4]

---

[3] A tradução deste e de outros importantes textos em prosa de Maiakóvski foi realizada por Boris Schnaiderman e se encontra no livro *A poética de Maiakóvski através de sua prosa* (São Paulo, Perspectiva, 1971).

[4] A propósito do movimento futurista no teatro, ver K. Rudnítski, "Teatr futurístov" ["O teatro dos futuristas"], em *Rússkoie rejissiórskoie*

Reunião do grupo dos cubofuturistas na década de 1910 (da esquerda para a direita): Benedikt Lívchits, Nikolai Burliuk (de pé), Maiakóvski (com sua célebre blusa amarela e preta), David Burliuk e Aleksei Krutchônikh.

A abstração teatral ocorre tanto no texto dramático quanto na linguagem cênica por ele modulada. Portanto, a ampla renovação que se verifica nos diversos campos artísticos é como que tragada pela cena soviética numa perfeita simbiose de tendências, que resultava numa profusão de novas propostas e experiências teatrais, as mais inusitadas e revolucionárias, segundo uma nova concepção do fenômeno teatral. A primeira década da Revolução Russa encontra-se, assim, sob o signo do antirrealismo no teatro, e todas as novas tendências concebidas no período pré-revolucionário se desenvolveram e se intensificaram depois de 1917.

De fato, muitos dos artistas de vanguarda se apresentam como representantes genuínos da nova era proletária, combinando extremismo na forma e acentuada propaganda política. Os palcos da vanguarda exprimem com entusiasmo o ímpeto e o fervor revolucionários, embora isso não signifique que todos os diretores teatrais tenham necessariamente compromissos políticos. Inovadores como Taírov, Granóvski, Rádlov e outros aderem ao regime soviético entusiasmados por experimentar novas possibilidades artísticas capazes de desencadear nos palcos o ritmo tempestuoso da Revolução. Os achados cênicos — com seus sons e luzes, aliados, muitas vezes, a enredos visuais não objetivos que se desenvolvem por meio de uma série de arabescos mímicos na interpretação dos atores — pretendem tão somente infundir na cena soviética o espírito do grande furacão de Outubro.

Entre os anos de 1917 e 1924, qualquer teoria nova, qualquer proposição excêntrica, qualquer tentativa, por mais inusitada que pudesse parecer, encontrava sempre seguidores entusiastas. Em todas as correntes havia sempre uma clara tendência de destruição da velha estética, pois a vanguarda

*iskússtvo: 1908-1917* [*A arte dos diretores russos: 1908-1917*], Moscou, Naúka, 1990.

interpreta a vitória do proletariado como a derrubada definitiva do realismo e do tradicionalismo, com seu "individualismo egoísta e burguês".

A amplitude estética e grande liberdade dos primeiros anos da Revolução se deve à falta de uma linha teórica precisa. Desde o começo, o Partido considera a transformação cultural como o resultado lógico das transformações sociais e políticas. Mas há grandes divergências de opinião sobre este problema, particularmente entre os artistas e intelectuais que professam simpatia com relação ao novo regime e se consideram seus aliados e colaboradores.

A grande questão era: como criar a nova arte soviética? O que significa uma "arte verdadeiramente popular" como um dos resultados imediatos da Revolução?

A posição mais extrema foi a adotada pelo grupo do Proletkult (Comitê Central das Organizações Culturais), segundo a qual o passado deveria ser totalmente desprezado para que se pudesse criar uma cultura nova para o proletariado triunfante. Como ainda não se vislumbrava de forma clara o que oferecer como substituto do "velho", experimentavam-se diferentes direções.

No campo teatral, o Proletkult pretende substituir as "velhas obras burguesas" por "espetáculos de massa" e, para isso, conta com o apoio de vários outros grupos de esquerda. Este foi, certamente, um dos fenômenos mais interessantes do período: o Proletkult lutava por um teatro de agitação e propaganda, mas como desejava encontrar novas formas de conteúdo revolucionário, seus caminhos se cruzaram com os da vanguarda.

Todas as tendências esquerdistas em arte, nascidas e formuladas no período pré-revolucionário, receberam novo ímpeto da Revolução e floresceram de modo espantoso, principalmente entre 1918 e 1923, e ainda depois. Os anos da NEP (Nova Política Econômica), entre 1922 e 1928, também favoreceram a liberdade das artes, a experimentação e a excentricidade. Somente no final da década de 1920, quando uma nova ofensiva em todos os terrenos marcou a consolidação e o endurecimento do Partido, a vanguarda foi combatida e finalmente destruída por métodos policiais.

O teatro de Maiakóvski, apesar de ser uma espécie de emblema poético-cênico do movimento das vanguardas russas, causou, mesmo assim, acesas polêmicas entre os críticos de sua época. As "extravagâncias futurísticas" de sua dramaturgia, que elevaram a linguagem do palco e a direção teatral de Meyerhold a graus de experimentação jamais imaginados na cena soviética, acabariam por submeter Maiakóvski à acusação de que sua obra não era apropriada às massas operárias.

### Futurismo e construtivismo no teatro

Vladímir Vladímirovitch Maiakóvski nasceu no dia 19 de julho de 1893, filho de um inspetor florestal, na aldeia de Bagdadi, na Geórgia. Após a morte do pai, em 1906, transfere-se para Moscou com a mãe e as irmãs, e aos catorze anos inscreve-se no partido bolchevique, tendo sido preso três vezes por atividades políticas clandestinas. Abandona a política para dedicar-se à arte figurativa, quando ingressa na Escola de Pintura. Passa a divulgar seus versos por intermédio inicialmente de David Burliuk, que o considera desde logo "um poeta genial".

Em fins de 1912, no almanaque *Bofetada no gosto do público*, e depois em vários outros que se seguiram,[5] os cubo-

---

[5] Uma coletânea bastante substancial de materiais do e sobre o futurismo russo, organizada pelo Instituto da Literatura Universal da Academia de Ciências da Rússia, foi recentemente publicada em Moscou em

futuristas não se cansam de proclamar que "a palavra deveria seguir audaciosamente as pegadas da pintura". De forma agressiva e polêmica, desprezam Púchkin, Dostoiévski, Tolstói e todo o passado literário russo, proclamando o direito dos novos poetas de aumentar o volume do vocabulário com palavras arbitrárias e derivadas.

A estética do futurismo russo deixa sua marca em toda a obra de Maiakóvski, inclusive depois da Revolução de Outubro, quando os futuristas se autodenominam "tambores da Revolução" e pretendem "ensinar o homem da rua a falar". Para Maiakóvski, isto significava destruir os antigos valores e construir novos com base na reorganização consciente da língua aplicada a novas formas de ser.

Mais tarde, já em 1923, quando funda a revista *LEF* — *Liévi Front Iskusstv* [*Frente Esquerda das Artes*], centro de gravidade do construtivismo, outro importante movimento das vanguardas, Maiakóvski chega a considerar que o futurismo já havia cumprido o seu papel, pois a etapa primeira do movimento, por ele denominada "etapa da destruição", já havia sido concluída. Ainda assim, continua a se proclamar um futurista, como se o futurismo fosse a bandeira de uma atitude agressiva e inovadora, que foi sua até o final da vida.

Com a revista *LEF* há uma adesão aos preceitos estéticos do construtivismo e uma busca da organização racional. Esta última deveria presidir, segundo o movimento, não apenas o fato artístico, mas sobretudo a construção da nova sociedade socialista. Maiakóvski mostra-se, assim, atento à evolução e ao desenvolvimento dos próprios procedimentos da estética futurista, a qual, segundo ele, deveria se abrir de

---

um volume de 480 páginas, sob o título *Rússki Futurizm: teória, práktika, krítika, vospominánia* [*Futurismo russo: teoria, prática, crítica, recordações*], Moscou, Nasliédie, 1999.

O teatro de Maiakóvski: mistério ou bufo?

modo incessante para a renovação de seus meios de expressão artística e tomar parte ativa no desenvolvimento da sociedade soviética.

Entre nós, Boris Schnaiderman[6] atenta para o fato de que vários textos maiakovskianos demonstram, ao lado de um irracionalismo frequente no universo das vanguardas históricas de um modo geral, a preocupação pela construção da obra como sistema, identificando assim a ocorrência de um aspecto racional bastante pronunciado na poesia e nas reflexões estéticas, afim às teorias do formalismo russo e às pesquisas do método formal para o estudo da linguagem e da especificidade da linguagem literária.

O texto de Maiakóvski "Como fazer versos?" constitui uma das proposições mais brilhantes do poeta sobre o papel da elaboração técnica vocabular e das especificidades da linguagem na construção de uma obra poética. Não se pode negar a estreita ligação de Maiakóvski com o formalismo russo: o poeta foi amigo de muitos de seus componentes, como Víktor Chklóvski e Óssip Brik, e publicou trabalhos de vários outros na revista *LEF*.

Roman Jakobson, em *O pokoliénii, rastrátivchem svoíkh poétov*,[7] texto escrito em 1930 após o suicídio de Maiakóvski, ao chamar a atenção para o papel que o irracional exerce na obra do poeta, refere-se à "racionalização do irracional" como característica predominante de sua obra e que pode ser detectada em muitos de seus textos.

Escreve Jakobson: "À antinomia entre o racional e o irracional é dedicado o admirável poema 'Para casa'. É um sonho de fusão de ambos os elementos, de uma espécie de

---

[6] Ver Boris Schnaiderman, *op. cit.*, p. 25.

[7] Edição brasileira: *A geração que esbanjou seus poetas*, tradução de Sonia Regina Martins Gonçalves, São Paulo, Cosac Naify, 2006.

racionalização do irracional". Refere-se também ao poema inacabado "V Internacional", no qual fica evidente a busca da elaboração consciente da matéria poética:

"Eu
à poesia
só permito uma forma:
concisão,
precisão das fórmulas
matemáticas."

Se a maior parte dos cubofuturistas e grupos afins se inclinava fortemente para o elemento urbano, a civilização moderna da velocidade e das máquinas (aliás, tema generalizado no universo futurista), exaltando o cinema como a forma artística mais sintonizada com a precisão e a tecnologia modernas, os construtivistas retomam essas ideias depois de 1918, radicalizando o objetivo de fazer um trabalho de arte que fosse "filho harmonioso da cultura industrial", partilhando assim das aspirações industriais da sociedade soviética nascente. Não se pode compreender a produção poética (e o teatro de Maiakóvski) sem o construtivismo.

Aliás, já num artigo de 1913 intitulado "Teatr, kinematógraf, futurizm" ["Teatro, cinematógrafo, futurismo"], Maiakóvski escrevera: "A grande transformação, por nós iniciada em todos os ramos da beleza em nome da arte do amanhã, a arte dos futuristas, não vai parar, nem pode parar, diante da porta do teatro".[8]

Maiakóvski e quase todos os cubofuturistas escreveram para o teatro. Khliébnikov, Krutchônikh, Teriêntiev, Rádlov e outros, inspirados pelas experiências geométricas e

---

[8] *Apud* Boris Schnaiderman, *op. cit.*, p. 263.

O teatro de Maiakóvski: mistério ou bufo?

abstratas empreendidas no campo da pintura, interessaram-
-se vivamente pelas possibilidades criativas dos palcos de
vanguarda.

Mas se o teatro (texto e cena) do primeiro decênio soviético nasce das invenções dos pintores cubofuturistas, sua
evolução estética, ao longo desses anos, acompanha o movimento dos pintores de esquerda, que passam cada vez mais
a expressar em suas telas os processos mecânicos da indústria
e as conquistas da técnica. O abstracionismo procura agora
inspiração no universo das máquinas e sonha inserir a arte
na produção, tornando-a utilitária.

Maiakóvski aderiu de modo entusiasta às fórmulas construtivistas e, ao que consta, adorava as máquinas e os produtos da civilização industrial.[9] Portanto, quando funda a
*LEF* em 1923, o poeta congrega cubofuturistas, produtivis-
tas, suprematistas e filólogos da Opoiaz — *Óbschestvo Izu-
tchénia Poetítcheskogo Iaziká* [Associação para o Estudo da
Linguagem Poética], em torno da qual se desenvolvem as
teorias formalistas.

O que está em pauta é o emprego utilitário da arte: "A
*LEF* lutará por uma arte que seja construção da vida",
anunciava o primeiro número de sua revista. Em 1925, sai o
sétimo e último número da publicação e, após uma longa
interrupção, ela reaparece em 1927-28 sob o título de *Nóvi
LEF* [*Nova LEF*]. Dentre os doze números editados, Maiakóvski foi o redator dos sete primeiros e Tretiakov, dos cinco últimos.

Como a diretriz da *LEF* é o emprego utilitário da arte,
ela se tornou a essência e o centro do construtivismo, e Maiakóvski foi, sem dúvida, um agente catalisador do movimen-

---

[9] Ver, de A. M. Ripellino, *Maiakóvski e o teatro de vanguarda*, São
Paulo, Perspectiva, p. 120.

to, embora travasse polêmicas, como era de seu feitio, com alguns de seus setores, tendo deixado a *Nóvi LEF* em 1930, pouco antes de seu suicídio.

De todo modo, embora propugnasse uma arte para as massas, o poeta jamais abdicou do experimentalismo e da sua convicção de que a revolução do conteúdo deveria ser acompanhada pela da forma, não havendo assim nenhuma cisão entre a pesquisa formal e os fins programáticos.

Dentro do contexto da cultura oficial que se estrutura após a morte de Lênin em 1924, tendo como sustentáculo as posições conservadoras da RAPP — *Rossíiskaia Assotsiátsia Proletárskikh Pissáteliei* [Associação Russa dos Escritores Proletários], criada em 1925, o poeta tornara-se, segundo certas facções, cada vez mais "incompreensível para as massas", título, aliás, de um poema-defesa escrito em 1927.

O Partido passa a controlar as questões artísticas e culturais, e o grupo da *LEF* é visto como um bando de "pequeno-burgueses esquerdistas". Já a RAPP seria a entidade detentora do verdadeiro "método materialista-dialético", com sua ênfase no realismo psicológico e apta, portanto, a divulgar a "verdadeira literatura proletária soviética".

No final de sua vida, num contexto de perplexidade diante do gradativo esvaziamento dos ideais revolucionários em todos os setores da vida russa, mas particularmente no âmbito da literatura e das artes, para a surpresa e a crítica de muitos de seus amigos, Maiakóvski acabaria por aderir à RAPP, movido certamente muito menos por convicções estéticas do que pelas contingências extremamente adversas ao seu trabalho criativo, com a progressiva consolidação da burocracia stalinista e do realismo socialista.

O teatro de Maiakóvski: mistério ou bufo?

O TEATRO DA REVOLUÇÃO
OU A REVOLUÇÃO DO TEATRO?

O teatro de Maiakóvski, composto pelas peças *Vladímir Maiakóvski, uma tragédia* (1913), *Mistério-bufo* (com duas redações distintas, 1918 e 1921; aqui publicamos a segunda versão, até hoje inédita no Brasil), *O percevejo* (1928) e *Os banhos* (1929) — além de breves *sketches*, pequenas peças de propaganda e roteiros para atrações públicas, criados em diferentes períodos de sua trajetória pessoal e artística —, parece revelar uma totalidade estético-teatral indissociável. De outra parte, toda a sua experimentação teatral parece se integrar também de modo orgânico às preocupações, convicções e princípios de ordem social, política, moral, poética ou estética que o poeta expressa em diferentes momentos e de diferentes maneiras nos inúmeros poemas, roteiros para cinema, textos-manifestos, escritos jornalísticos, cartazes de propaganda, enfim, nas variadas formas de expressão, submetidas à rapidez e à complexidade das vicissitudes históricas e artísticas que marcaram o tempo de Maiakóvski.

Assim, o desenvolvimento da dramaturgia maiakovskiana acompanha e, por assim dizer, sintetiza um percurso pessoal de contínua investigação artística e, ao mesmo tempo, refrata uma época de experimentação em que os princípios da teatralidade pareciam invadir a realidade fenomênica e esta, por sua vez, respondendo a esse chamado, era capaz de promover as inventivas mais radicais de poetas e artistas que sonhavam em se libertar do lastro cultural do passado.[10] A

---

[10] Em um interessante ensaio, Iúri Lótman examina o processo de interação entre o universo teatral e a realidade extrateatral. O teórico atenta para as diferentes formas em que podem ocorrer a "teatralização" e a ritualização de certos aspectos do universo extrateatral, bem como as

máxima do encenador Ievriéinov, "a vida no teatro e o teatro na vida", inspirava toda a cultura das vanguardas russas: a teatralização da vida e da própria figura do artista-criador possibilitava uma situação de contato e integração entre o teatro de vanguarda e a cultura inovadora, isto é, entre o artista e o novo público.

Não por acaso, o herói principal do primeiro texto teatral de Maiakóvski, escrito e representado na juventude (aos vinte anos), leva o seu próprio nome. Nesta "tragédia" em versos,[11] a figura do poeta em primeira pessoa expõe a exasperação de um eu-dramático-lírico que vaga numa estranha cidade moderna por entre personagens-máscaras um tanto monstruosas, fantoches descarnados e carnavalizados que nos remetem às mascaradas e aos seres fantasmáticos e heróis

---

situações nas quais o teatro se torna um modelo de comportamento na vida real. Embora admita que objetivamente a arte reflete sempre, de uma maneira ou de outra, os fenômenos da vida, traduzindo-os em sua própria linguagem, Lótman ressalta que uma das formas de interação desse processo é quando a própria vida se torna o domínio do dinamismo modelizante, isto é, ela é capaz de criar os exemplos que a arte imita. Assim, se, por um lado, a arte pode fornecer formas de conduta na vida, de outro modo, as formas de comportamento na vida real podem determinar o comportamento sobre o palco. Ver, a propósito, Iúri Lótman, "Théâtre et théâtralité comme composantes de la culture du début du XIX siècle", em Iúri Lótman e Boris Uspiênski, *Sémiotique de la culture russe* (Lausanne, L'Âge d'Homme, 1990).

[11] O título da peça, *Vladímir Maiakóvski, uma tragédia*, foi casual. O texto originalmente apresentava outros títulos: *Jeliéznaia doróga* [*A estrada de ferro*] e *Vostánie veschéi* [*A revolta dos objetos*], mas o manuscrito enviado à censura não os indicava na primeira página, e o censor tomou como título o nome do autor e a definição, "tragédia", aí inscritos (ver Elsa Triolet, "Maïakovski et le théâtre", em *Maïakovski vers et proses*, Paris, Éditeurs Français Réunis, 1957; e também A. Freválski, "Piérvaia soviétskaia piéssa" ["A primeira peça soviética"], em *V Mirie Maiakóvskogo: sbórnik statiei* [*No universo de Maiakóvski: coletânea de artigos*], Moscou, Soviétski Pissátel, 1984).

O teatro de Maiakóvski: mistério ou bufo?                    167

desencontrados que povoam o teatro simbolista, ao qual se associam muitos dos elementos constitutivos da cosmogonia artística do primeiro Maiakóvski.

Mas houve quem atribuísse às figuras grotescas, presentes nas entrelinhas deste monólogo dramatizado, a correspondência com figuras reais, amigos futuristas de Maiakóvski.[12] Assim, a imagem do "velho com gatos pretos secos", figuração que no Egito antigo era símbolo de sabedoria, corresponderia ao sábio poeta Velimir Khliébnikov. Já o "homem sem olho e sem perna" seria uma alusão ao amigo David Burliuk, que possuía um olho de vidro, e o "homem sem cabeça" teria sido inspirado pela figura de Aleksei Krutchônikh, criador da linguagem transmental "zaúm". Também as figuras femininas, a "mulher com uma lágrima", a "mulher com uma lagriminha" e a "mulher com uma lagrimona", símbolos da dor humana, convergiriam para a imagem de Elena Guro.

Essa aparente conexão com o mundo futurista circundante não afasta o poema-tragédia de Maiakóvski de uma conotação cósmico-metafórica, erigida com base num emaranhado de imagens distorcidas e enigmáticas que põem a nu um universo habitado por seres "sem alma", "coisificados"[13] e enredados por estranhos objetos, estes sim "animados" e revoltosos, prontos a se sublevar contra os homens: os teclados do piano, como dentes brancos, estão prontos a devorar as mãos do pianista, as garrafas saltam das vitrines das lojas

---

[12] E. Iu. Inchakova, "Ópit simvolizma v dramaturguíi V. Maiakóvskogo" ["A experiência do simbolismo na dramaturgia de Maiakóvski"], em *Simvolizm v avangardie* [*Simbolismo na vanguarda*], Academia de Ciências, Moscou, Naúka, 2003, p. 371.

[13] Esse aspecto foi desenvolvido por Mario Bolognese em sua dissertação de mestrado, *Tragédia: uma alegoria da alienação* (São Paulo, ECA-USP, 1987).

# КОММУНАЛЬНЫЙ ТЕАТР МУЗЫКАЛЬНОЙ ДРАМЫ.

## 7,8 НОЯБРЯ н/с.

### МЫ ПОЭТЫ, ХУДОЖНИКИ, РЕЖИССЕРЫ и АКТЕРЫ ПРАЗДНУЕМ ДЕНЬ ГОДОВЩИНЫ

## ОКТЯБРЬСКОЙ РЕВОЛЮЦИИ

Революционным спектаклем.
нами будет дана:

**I КАРТ.** БЕЛЫЕ и ЧЕРНЫЕ БЕГУТ ОТ КРАСНОГО ПОТОПА.

**II КАРТ. КОВЧЕГ.** ЧИСТЫЕ ПОДСОВЫВАЮТ НЕЧИСТЫМ ЦАРЯ И РЕСПУБЛИКУ. САМИ УВИДИТЕ ЧТО ИЗ ЭТОГО ПОЛУЧАЕТСЯ.

**III КАРТ. АД** В КОТОРОМ РАБОЧИЕ САМОГО ВЕЛЬЗЕВУЛА К ЧЕРТЯМ ПОСЛАЛИ

**IV КАРТ.** РАЙ. КРУПНЫЙ РАЗГОВОР БАТРАКА С МАФУСАИЛОМ.

**V КАРТИНА. КОММУНА!** СОЛНЕЧНЫЙ ПРАЗДНИК ВЕЩЕЙ И РАБОЧИХ.

РАСКРАШЕНО МАЛЕВИЧЕМ. ПОСТАВЛЕНО МЕЙЕРХОЛЬДОМ и МАЯКОВСКИМ. РАЗЫГРАНО ВОЛЬНЫМИ АКТЕРАМИ.

СТАРЫЙ СВЕТ

## „!МИСТЕРИЯ БУФФ!"

### ГЕРОИЧЕСКОЕ, ЭПИЧЕСКОЕ и САТИРИЧЕСКОЕ ИЗОБРАЖЕНИЕ НАШЕЙ ЭПОХИ, СДЕЛАННОЕ

## В. МАЯКОВСКИМ.

Билеты на 7-е и 8-е ноября в распоряжении ЦЕНТРАЛЬНОГО БЮРО.

**9-го ноября „МИСТЕРИЯ-БУФФ" открытый спектакль.**
НАЧАЛО В 6½ ЧАС. ВЕЧЕРА.

Cartaz da primeira encenação de *Mistério-bufo*, em 1918,
com direção de Meyerhold e cenários de Maliévitch,
no Teatro Comunitário de Drama Musical, em Petrogrado
(no centro, a expressão "Velho Mundo" riscada com um X).

de vinho, as calças fogem das mãos do alfaiate, enquanto, bêbada, uma cômoda passeia fora do quarto de dormir.

Imerso neste mundo em franca desagregação, a figura solitária do herói, o poeta Maiakóvski, surge afinal como crucificado pelo sofrimento de ser incompreendido, mas também como redentor, espécie de Jesus Cristo simbolista, aparentado àquele que surge ao final do poema "Os doze", de Blok:[14] um messias que discursa para socorrer os desolados em tom de parábola bíblica, repleta, porém, de blasfêmia irônica, eficaz instrumento político e poético para a revolta do poeta.

Destacam-se já, nesta primeira experiência teatral de Maiakóvski, muitos dos elementos constitutivos e recorrentes em sua dramaturgia posterior: a paródia a referências e episódios bíblicos, isto é, o expediente poético e teatral de encharcar os seus textos com imagens, personagens e citações de cunho religioso, a fim de estabelecer um profundo dialogismo (aliás, próprio a todo o universo das vanguardas russas)[15] com a tradição religiosa da cultura russa, ainda que,

---

[14] Maiakóvski chegou a propor a Blok a adaptação teatral do poema "Os doze" para levá-lo à cena em forma de montagem cinematográfica. O poema simbolista fora escrito em janeiro de 1918 e publicado em fevereiro do mesmo ano, antes, portanto, da peça *Mistério-bufo* de Maiakóvski. Blok teria sido um dos primeiros na literatura moderna a apresentar motivos bíblicos como alusão ao colapso do velho mundo. Os últimos versos do poema de Blok apresentam a imagem de Cristo a conduzir doze soldados vermelhos na tempestuosa nevasca. Outros personagens do poema parecem ter correspondentes na peça de Maiakóvski. Ver E. Iu. Inchakova, *op. cit.*, p. 376; e também Claudine Amiard-Chevrel, *Les symbolistes russes et le théâtre* (Lausanne, L'Âge d'Homme, 1994, p. 131).

[15] Vários escritores, poetas e diretores teatrais se inspiravam em episódios e parábolas bíblicas e também nos Evangelhos para fazer alusões aos recentes acontecimentos revolucionários que subverteram não apenas as bases sociopolíticas da Rússia, mas sobretudo os pilares fundamentais do pensamento religioso russo (ver A. Freválski, *op. cit.*, p. 244).

por vezes, matizado de zombaria e derrisão, como ocorre em *Mistério-bufo*.

No final da década de 1930, Roman Jakobson[16] atentara para o fato de que os sonhos de futuro de Maiakóvski e seu hino à humanidade se misturam a um combate que o poeta trava contra Deus, e que sua negação ética de Deus estaria "mais próxima do passado da literatura russa que do ateísmo oficial de plantão". Assim, como também apontou mais de uma vez a crítica mais recente,[17] um dos temas dominantes da obra de Maiakóvski, com nuances e tonalidades estéticas diferenciadas ao longo de suas trajetória, é um conflituoso diálogo com Deus: "Ainda que de forma sacrílega e quase como um pretexto para uma sonora altercação com Deus, o elemento religioso é fortíssimo em Maiakóvski, e figuras, acontecimentos, parábolas da Bíblia recorrem em seu canto com insistência obsessiva".[18]

Às citações e reminiscências religiosas liga-se o aproveitamento por Maiakóvski de todo o universo da autêntica tradição russa, com sua veneração dos ícones, preces, cânti-

---

[16] Roman Jakobson, *op. cit.*

[17] Ver E. Iu. Inchakova, *op. cit.*, p. 373; A. Freválski, *op. cit.*, p. 246 e A. M. Ripellino, *op. cit.*, p. 52. Também Boris Schnaiderman aponta a forte presença da tradição religiosa russa nas construções parodísticas de vários textos maiakovskianos. Ver B. Schnaiderman, "Maiakóvski e a tradição", *op. cit.*, p. 47.

[18] A. M. Ripellino, *op. cit.*, p. 53. Conforme o crítico italiano, sob a influência do pintor futurista Tchekríguin, Maiakóvski apaixonara-se pelos ícones e histórias sagradas e visitava com frequência, em companhia do amigo, as salas da Galeria Tretiakov reservadas à pintura antiga. O pintor, atormentado por assuntos apocalípticos e visões de cataclismos, esforçava-se para transferir à pintura litúrgica a sintaxe da arte moderna, e tinha sempre sobre a mesa a Bíblia. Maiakóvski esteve fortemente marcado, na primeira fase de seu trabalho, pelas antigas telas sagradas e pela pesquisa pictórica do amigo.

cos religiosos e histórias sagradas — integrantes do rico repertório do imaginário da cultura popular e refletidos na linguagem coloquial cotidiana, nos provérbios, nas canções e ditos populares.[19]

A releitura maiakovskiana desse acervo cultural tradicional não anula, é certo, a desde logo evidente rebeldia iconoclasta do poeta futurista. Esta se projeta na construção parodística de seu teatro e, em certo sentido, de todo o seu trabalho criativo, no qual a liberdade irreverente no tratamento da linguagem artística, na exploração de novas formas poéticas, dramáticas e cênicas concorre para uma alargada "refuncionalização" das formas tradicionais e uma "recontextualização" irônica de seus elementos de composição.

Essa expansão no presente por meio da reapropriação dialógica do passado aponta também para a modelação inventiva do futuro, forjando um processo contínuo de construção-desconstrução, continuidade-mudança, repetição--transgressão, passado-futuro — fundamento primeiro do projeto estético das vanguardas russas.

Desde *Vladímir Maiakóvski, uma tragédia* — cujas figuras grotescas e monstruosas parecem sair de um teatro de feira ou de um circo popular de atrações —, Maiakóvski se insurge contra a tradição do teatro realista russo e parece fundar, já nesta primeira peça, ainda bastante marcada pelo simbolismo russo, as bases de seu *credo* teatral,[20] cuja práxis

---

[19] Ver Boris Schnaiderman, *op. cit.*, p. 48.

[20] Maiakóvski também escreveu vários textos, espécies de manifestos teóricos sobre a arte teatral. Destacam-se principalmente "Intervenção no debate *O pintor no teatro de hoje*", de 1921, "Intervenção no debate sobre a encenação de *O inspetor geral*", de 1927, "Intervenção no debate sobre *Os banhos*", de 1930, "Teatro, cinematógrafo, futurismo", de 1913, e também, em certo sentido, o belo texto "Os dois Tchekhov", de 1914. Todos esses textos foram traduzidos por Boris Schnaiderman e integram o livro *A poética de Maiakóvski através de sua prosa, op. cit.*

artística vai se estruturar de maneira cabal nas peças posteriores: a revolução das formas teatrais deve caminhar a par e passo com a revolução política e social, e ao programa artístico vinculam-se as transformações da sociedade russa.

O título e o subtítulo de *Mistério-bufo* não deixam dúvidas a respeito do viés político e do alucinado ritmo futurista expresso na liberdade formal que os acontecimentos de Outubro imprimiram em sua pesquisa teatral — *Mistério-bufo: representação heroica, épica e satírica de nossa época*.

O título da comédia foi explicado pelo próprio dramaturgo no programa do espetáculo — levado, em 1921, em um circo de Moscou, em homenagem ao III Congresso do Comintern —, o que também esclareceu o movimento de duplicidade paródica, da dialética do sério-cômico e de tradição-modernidade que alinhava, na sucessão frenética de personagens-tipos, cenas e diálogos, uma simbiose entre a atualidade do teatro político e o espetáculo sacro do mistério medieval.

> "*Mistério-bufo* é a nossa grande revolução, condensada em versos e em ação teatral. Mistério: aquilo que há de grande na revolução. Bufo: aquilo que há nela de ridículo. Os versos de *Mistério-bufo* são as epígrafes dos comícios, a gritaria das ruas, a linguagem dos jornais. A ação de *Mistério-bufo* é o movimento da massa, o conflito das classes, a luta das ideias: miniatura do mundo entre as paredes do circo."[21]

Considerada a primeira peça soviética, esta comédia, versificada na forma da linguagem popular, foi criada, se-

---

[21] *Apud* A. M. Ripellino, *op. cit.*, p. 77, e Elsa Triolet, *op. cit.*, p. 390.

O teatro de Maiakóvski: mistério ou bufo?

gundo consta, sob encomenda com a finalidade de integrar uma revista política para a Casa do Povo em Petrogrado e de ser montada para a comemoração do primeiro aniversário da Revolução de Outubro. Mas, em virtude das violentas críticas e da acusação de ser um espetáculo inapropriado para as massas, as representações da peça se limitaram apenas a três dias (7, 8 e 9 de novembro de 1918), sob a direção de Meyerhold e com cenografia do pintor suprematista Maliévitch.[22]

A segunda versão — escrita em 1920 e encenada sob a direção de Meyerhold no Teatro RSFSR Primeiro, em Moscou, na comemoração do 1º de maio de 1921 — não surgiu igualmente isenta de críticas caluniosas, debates estrepitosos e calorosas polêmicas que acusavam a tendência demasiado política e o caráter debochado do espetáculo. Maiakóvski se viu obrigado a fazer leituras do texto em bairros operários, participando de assembleias e comícios para comprovar a perfeita compreensão e a acolhida positiva pelo público popular desta nova versão de *Mistério-bufo*.

De qualquer forma, toda aquela galeria de bufões (os sete pares de Puros e os sete pares de Impuros que se contrapõem nos seis atos desta comédia *clownesca*), repleta de expedientes do teatro de feira e de máscaras circenses, certamente seria considerada inadequada para a solene data, além de classificada pela cultura oficial e propugnada pelo comitê central do Partido como uma sátira grotesca de mau gosto.

---

[22] Ver sobre a gênese da peça e sua encenação realizada por Meyerhold: K. Rudnítski, *Théâtre russe et soviétique* (Paris, Éditions du Regard, 1988); E. I. Strutínskaia, *Iskánia khudójnikov teatra* [*As pesquisas dos artistas do teatro*] (Moscou, Gossudárstvenni Institut Iskusstvoznánia [Instituto Estatal do Estudo das Artes], 1998), principalmente o capítulo "Mistiéria-buff i viesch"; e A. Freválski, "Piérvaia soviétskaia piéssa", *op. cit.*, pp. 232-58.

As diferenças entre as duas versões, embora significativas,[23] não retiram do texto a base paródica em que se inscrevem inversões cômico-grotescas de toda ordem: procedimentos dramático-cênicos dos mistérios e das moralidades medievais edificantes, com seus temas e episódios bíblicos, interagem de forma festiva e espetacular com fantoches e bonecos despsicologizados, caros ao simbolismo russo,[24] e também com a tradição da mascarada carnavalesca típica da cultura e do teatro popular, matizados aqui de inusitados efeitos cênicos e expedientes do teatro de engajamento político, próprios da cena futurista.[25]

[23] Para a segunda versão, o dramaturgo atualizou o texto, incluindo, em forma dramática, os últimos acontecimentos históricos e as circunstâncias do momento (a guerra civil, a intervenção ocidental, a escassez de alimentos, o racionamento, a eletrificação, o mercado negro, a especulação, a Tcheká etc.) e substitui alguns personagens, acrescentando outros, como a devastação, o Soldado do Exército Vermelho, Clemenceau, Lloyd George. O Hino à Comuna, que conclui a peça na primeira versão, na segunda é substituído pela Internacional.

[24] Se com frequência os personagens do simbolismo (muitos deles também inspirados em figuras do teatro de feira e da cultura popular) se desvanecem em melancólica ironia, neste texto de Maiakóvski, as cores vibrantes do futurismo imprimem a essas máscaras-caricaturas o caráter vital, luminoso e ágil da algazarra do teatro popular com sua mistura de temas sacros e profanos, a linguagem dos trocadilhos e da oralidade irreverente.

[25] É possível surpreender também em *Mistério-bufo* a linguagem dos cartazes políticos pintados, acompanhados de vinhetas e comentários versificados sobre os fatos mais recentes, encomendados a Maiakóvski pela ROSTA, a Agência Telegráfica Russa para a qual ele trabalhou nesta época. Expostos nas janelas das lojas do centro de Moscou, esses desenhos receberam o nome de janelas ("okna"), cujos tipos e máscaras parecem se desdobrar nas figuras dos Puros e Impuros (operários e burgueses) e demais caricaturas que protagonizam esta peça do dramaturgo. Mas é preciso atentar ainda às variadas formas das atrações populares que divertiam a população nos espetáculos de feira russos, em especial o teatro de bonecos,

A contraposição de dois mundos e dois tempos (o velho a ser destronado pelo novo) aparece, sem dúvida, de forma um tanto esquemática (como frequentemente ocorre, aliás, nas formas da arte popular) para colocar em evidência o conflito entre as diferentes máscaras sociais: de um lado, um negus abissínio, um rajá hindu, um paxá turco, um chinês, um persa corpulento, um francês gordo (transformado, nesta segunda versão, na figura histórica de Clemenceau), um oficial italiano (aqui Lloyd George), um americano etc. — evidente alusão ao tema, então em voga, do internacionalismo do pós-guerra; de outro lado, o embate com os Impuros, a classe dos trabalhadores, representados por um mineiro, um chofer, um soldado vermelho, um maquinista, um carpinteiro etc., para os quais "nossa pátria é o nosso trabalho".

A mesma dualidade se estende à figuração do inferno e do paraíso e dos personagens que aí habitam: aos diabos, chefiados por Belzebu, se opõem entidades santificadas: Matusalém, Jean-Jacques Rousseau, Tolstói, Gabriel e outros anjos celestiais. Não menos surpreendente é a irrupção final na terra prometida de objetos personificados (martelo, máquinas, foices, plainas, torqueses etc.) que celebram o novo mundo em comunhão com os trabalhadores vencedores, visão apoteótica e apocalíptica de um tempo-espaço futuro em plena harmonia, ainda que em tom de bufonada.

com as aventuras hilariantes do esperto fantoche Petruchka e, também, o "raiok", série de quadros populares com imagens coloridas de cenas e figuras simples e ingênuas, projetados em sequência, sob lentes de aumento, dentro de espécies de caixas mágicas que muito agradavam o gosto do público popular. Maiakóvski empreende, assim, em *Mistério-bufo*, uma releitura de motivos do folclore e da cultura russa popular, estruturando a sua experimentação teatral futurista com base em uma orgânica dinâmica que faz interagir tradição e modernidade. Ver, a propósito, K. Rudnítski, "Teatr futurístov" ["O teatro dos futuristas"], *op. cit.*, e também A. Freválski, *op. cit.*

As "coisas" em coro, desta feita pragmáticas e racionais, mas também dóceis e servis, se irmanam aos Impuros revolucionários numa atitude inversa à rebelião dos objetos daquele mundo desolado e decadente apresentado em *Vladímir Maiakóvski, uma tragédia*, pois a revolução, afinal, modificara o consórcio entre os homens e as coisas, e a cidade do futuro promete a bem-aventurança.

Essas figuras carnavalizadas conformam uma estranha alegoria teatral capaz de incluir no espaço cênico o paraíso, o inferno e a terra prometida, e de justapor a luta de classes e a revolução do proletariado (os Impuros) e seus oponentes, burgueses redondos e balofos (os Puros, que, aliás, nos remetem aos místicos de *A barraquinha de feira*, de Blok),[26] à imagem do dilúvio universal e à construção da arca de Noé, referência ao Gênesis, numa alusão parodística ao cataclismo revolucionário que transformara os destinos da Rússia.

A correlação com os fatos históricos recentes quase es-

---

[26] Maiakóvski desenhou os Puros como corpos em circunferência sobre pernas-palitos, e os Impuros como corpos angulosos e geometrizados em forma de cubos e quadrados. Na encenação de 1918, a cenografia suprematista e os figurinos, criados por Maliévitch, colocavam em contraste o colorido decorativismo de alguns atos, como o inferno e o céu, estruturados em formas cubistas, com as armações mecânicas para a figuração, por exemplo, da terra prometida do tempo do futuro. E se nesta primeira encenação os Impuros aparecem vestidos de forma idêntica, em uniformes cinza, unificados em uma massa sem diferenciação de nacionalidade e profissão, na segunda encenação, de 1921, cuja cenografia foi completamente modificada pelos cenógrafos A. Lavínski e V. Khrakóvski (que acentuam as estruturas construtivistas e unem o palco e a plateia), os figurinos de Kisseliov vestiam os Impuros com blusões azuis, vestes que se tornariam atributos das revistas políticas e uniformes de vários grupos teatrais. Esta segunda versão da peça, também encenada por Meyerhold, acentuava ainda mais os elementos do circo e o aspecto cômico-carnavalesco. Para mais detalhes das diferenças entre as duas encenações, ver K. Rudnítski, *Théâtre russe et soviétique, op. cit.*, pp. 42 e 62.

barra no didatismo: se o dilúvio prefigura o movimento revolucionário, o episódio da deposição do Negus equivaleria à Revolução de Fevereiro e a rebelião dos Impuros à Revolução de Outubro. Já a destruição do paraíso e do inferno aponta para a discussão, matizada de derrisão, da cultura religiosa russa entre os "impuros operários", e a chegada à terra prometida configura o apoteótico final da parábola: o advento do socialismo.

A encenação de Meyerhold, em colaboração com o próprio Maiakóvski (especialmente na segunda versão do texto, em 1921), salientou ainda mais o entrelaçamento de procedimentos cênicos circenses, inspirados no teatro de feira e nas formas do teatro popular, com expedientes feéricos do teatro futurista. Se, por um lado, os versos finais de cada um dos atos (cantados individualmente pelos atores e repetidos em coro) fazem alusão à musicalidade da modinha folclórica popular (a "tchastúchka", que reverbera nos versos da peça com seu ritmo e rimas fáceis e brincalhonas), por outro, eles adensam o estilo de revista política e fazem penetrar no espetáculo o gênero do teatro-cabaré, bastante em voga mesmo antes da Revolução.

De outra parte, a forma do mistério medieval congrega, neste jogo paródico-irônico com as diferentes convenções teatrais do passado, não propriamente o teatro-comunhão (de caráter religioso, tendente ao êxtase místico para a revelação do indizível da vida espiritual e cultuado pelo teatro simbolista), mas as assembleias, os comícios públicos e os espetáculos propagandísticos de massa.

Nesse contexto, a valorização do jogo do ator e a liberação de seu corpo pelo encenador (por meio de pantomimas acrobáticas que desenham os hábeis movimentos de todos aqueles *clowns* grotescos) correspondem plenamente ao ritmo vertiginoso dos últimos sucessos da atualidade política e social russa, introduzidos pelo dramaturgo ainda com mais

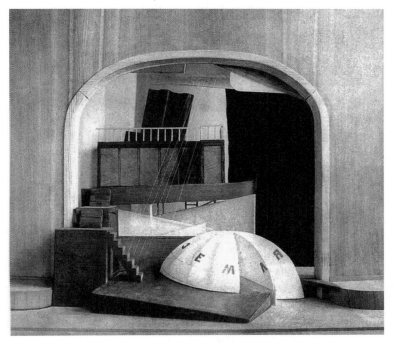

Esboços de Maiakóvski para personagens de *Mistério-bufo*
(o padre "puro" e o sapateiro "impuro"),
e maquete do cenário do primeiro ato da peça por
V. Kisseliov, A. Lavínski e V. Khrakóvski.

ênfase nesta segunda versão do texto que inclui a advertência inicial:

> "[...] mantida a estrada (a forma), modifiquei de novo partes da paisagem (o conteúdo).
> No futuro, todos aqueles que forem representar, encenar, ler, publicar *Mistério-bufo*, que mudem o conteúdo, façam-no contemporâneo, atual, imediato."

Às inventivas corporais dos atores-personagens associam-se as engenhosidades do discurso verbal nos versos maiakovskianos: jargões políticos, incoerências discursivas, neologismos em profusão, alogismos de toda ordem, puros jogos sonoros semanticamente vazios. Ou seja, o dramaturgo constrói os diálogos por meio da linguagem versificada e colorida de seus heróis como uma espécie de mascarada fraseológica destinada a caracterizar de forma paródica os diferentes tipos sociais, assim como a linguagem das ruas contraposta de forma debochada ao discurso oficial, às palavras de ordem do momento político, misturadas a certo eslavonismo próprio às falas bíblicas parodiadas.

Os exemplos são numerosos. Observem-se, por exemplo, a virtuosidade verbal e os jogos sonoros presentes, já de início, no trecho do prólogo em que aparece a descrição do desmoronamento da terra e o estrondo do dilúvio, reforçados pela assonância onomatopeica, "protekáet-potom-tópot-potópa", de difícil recuperação na tradução:

> *"Sut piérvogo diéistvia takáia*
> *Zemliá protekáet.*
> *Potom — tópot*
> *Vsié begut ot revoliutsiónovo potópa.*
> *Siem par netchístikh*

*I tchístikh siem par,*
*to iest*
*tchetírnadtsat bedniakov-proletáriev*
*i tchetírnadtsat burjúiev-bar,*
*a mej nimi,*
*s pároi zaplákanikh schétchek*
*menchevítchotchek.*
*Pólius zakhlióstivaet.*
*Rúchitsia posliédneie ubiéjische.*
*I vsie natchináiut stróit*
*dáje ne kovtcheg,*
*a kovtchéjische."*

"No primeiro ato é o seguinte o essencial:
a terra está pingando.
Depois há um estrondo.
Todos fogem do dilúvio revolucionário.
Sete pares de Impuros
e de Puros sete pares.
Isto é,
quatorze proletários-indigentes
e quatorze senhores burgueses,
e no meio deles,
um menchevique com um par de bochechinhas
                             [chorosas.
O polo inunda.
Desmorona o último refúgio.
E todos começam a construir
não uma arca,
mas um arquefúgio."

Destaca-se também neste fragmento a aliteração do agrupamento fonético nas rimas "sche-tchek-tcheg", que culmina com o neologismo "kovtchéjische", formado pela junção das palavras "kovtchég" (*arca*) e "ubiéjische" (*refúgio*), recriado na tradução pelo neologismo "arquefúgio".

Os diálogos entre os personagens, repletos de jogos de palavras e trocadilhos, acentuam ainda mais as cenas de efeito circense, como, por exemplo, nesta cena em que, ao ser confundido com uma morsa, Lloyd George responde:

> *"Eto ne iá morj,*
> *eto on morj,*
> *a iá ne morj,*
> *iá Loyd George."*

O efeito cômico sonoro em russo com as palavras "morj" e "Lloyd George" é irrecuperável na tradução, assim como muitas das falas do personagem do "alemão", nas quais neologismos fazem trocadilhos com nomes e sobrenomes alemães. Por outro lado, as falas do padre estão, com frequência, encharcadas de arcaísmos e reminiscências do eslavo eclesiástico, utilizadas pelo dramaturgo para pôr em derrisão frases e jargões bíblicos.

Ou, ainda, o discurso que se abre com a citação de uma expressão laudatória consagrada, utilizada pelos tsares na abertura de discursos oficiais, mas à qual se segue outro discurso grotesco e absurdo, permeado de incoerências e *nonsense*:

> "Com a ajuda do bom Deus,
> Nós,
> Rei das Galinhas Fritas pelos Impuros
> e Grão-Príncipe das Ditas-Cujas chocadeiras
> [de ovos,
> sem esfolar as sete peles de ninguém
> — vamos esfolar apenas seis, a sétima pele fica —,
> anunciaremos aos nossos súditos:

tragam tudo —
peixe, torradas, porcos marinhos
e tudo que acharem pelo caminho.
O senado que governa
a nossa grande família
logo vai tomar de alguns
e refazer as partilhas."

Esses e outros procedimentos (cuja função primeira é mascarar a linguagem, ou melhor, criar uma linguagem-máscara para cada um dos personagens) estão atrelados a um jogo semântico lúdico, cujo processo contínuo de construção--desconstrução, pautado na extrema hiperbolização do discurso, resulta com frequência no aparente esvaziamento dos sentidos ou na decorrente ambiguidade que encobre, porém, a intenção oculta da sátira.[27]

## O RISO ATRAVÉS DAS LÁGRIMAS INVISÍVEIS

A proximidade da poética de Maiakóvski com a de Gógol é digna de nota. Em ambos os escritores, a subversão da

[27] Já em 1922, o poeta, filólogo e crítico literário K. Tchukóvski salienta que todas as formas de transgressão da língua russa efetuadas por Maiakóvski têm como objetivo essencial a economia de meios artísticos para obter o máximo de expressividade com o mínimo de meios linguísticos. Os inúmeros neologismos criados por meio da fusão de substantivos em verbos ou em adjetivos, a utilização inovadora do emprego das preposições, ou mesmo a condensação da sintaxe da frase, a partir da rejeição dos verbos ou das preposições, por exemplo, significam, segundo o estudioso, a importante incorporação de formas e processos novos de pensamento na língua russa, tornando-a mais fluida, maleável e flexível, retirando-lhe, assim, a rigidez e as formas petrificadas. A propósito, ver Kornei Tchukóvski, "Vladimir Maïakovski", em *Les futuristes* (Lausanne, L'Âge d'Homme, 1976).

O teatro de Maiakóvski: mistério ou bufo?

língua russa (por meio da utilização das formas do falar popular, dos neologismos criados com base ora no folclore regional com seus provérbios e ditos populares, ora na linguagem oficial e burocrática, sem contar a refuncionalização poética de todo o material não literário da atualidade) confere à textualidade de Maiakóvski e de Gógol força e riqueza expressivas igualáveis, capazes de provocar uma decisiva reciclagem estética e artística em seu tempo.

É possível surpreender a estreita convergência dos princípios de criação entre ambos os escritores no caráter hiperbólico das imagens e alusões, no aspecto insólito das metáforas, na multiplicidade de planos marcados pela dialética do tragicômico e pela profusão e variedade de entonações.

Gógol teria sido um dos autores preferidos de Maiakóvski desde a adolescência e, no período posterior à Revolução de Outubro, o poeta futurista teria recorrido com insistência a citações e referências a heróis, imagens e passagens de textos de Gógol para a composição de muitos de seus escritos.[28]

Com relação à criação teatral, é possível entrever, nas comédias maiakovskianas, procedimentos de composição característicos da estruturação dramatúrgica gogoliana. Des-

---

[28] Um dos primeiros e mais importantes estudos comparativos dos procedimentos poéticos de Gógol e Maiakóvski coube ao simbolista Andréi Biéli, em seu livro *Masterstvó Gógolia* [*A maestria de Gógol*]. Também N. Khardjiev, estudioso contemporâneo do futurismo e do formalismo russo, salienta que as primeiras declarações de Maiakóvski sobre Gógol remontam ao ano de 1914 e que toda a criação do poeta futurista está permeada de citações e referências diretas aos textos gogolianos. O estudioso refere que, segundo o testemunho de um primo de Maiakóvski, Mikhail Kisseliov, Gógol teria sido o escritor preferido de Maiakóvski. O poeta chegava a declamar episódios e cenas inteiras de Gógol com entusiasmo e risos contagiantes. Ver N. Khardjiev, "Remarques sur Maïakovski: Gógol dans la poésie de Maïakovski", em *La culture poétique de Maïakovski* (Lausanne, L'Âge d'Homme, 1982).

tacam-se o mesmo desenvolvimento rítmico da ação (repleto de lances cômicos inesperados), a agilidade verbal dos personagens, o ambiente dos espetáculos de feiras russos, em que heróis caricatos, charlatões impostores ou tolos ingenuamente enganados lembram marionetes e fantoches com seus jogos verbais, trocadilhos e expedientes fonéticos. Emaranhados em enredos anedóticos e mal-entendidos farsescos, os heróis conduzem episódios insólitos e pitorescos que se encerram, como se observa nas peças de ambos os dramaturgos, com reviravoltas inusitadas e surpreendentes, tingindo a coloração da comédia com tonalidades trágicas.

Aquele "riso através das lágrimas invisíveis", síntese explicativa para o humor gogoliano,[29] encontra na dramaturgia de Maiakóvski profundas correspondências. Não apenas em suas últimas produções teatrais, mas, desde *Vladímir Maiakóvski, uma tragédia*, a figura do poeta-personagem pode ser caracterizada com esta imagem: "sobre a cruz do riso está crucificado um grito de sofrimento".

E mesmo na hilariante "pintura satírica de nossa época" de *Mistério-bufo*, certas cenas deixam entrever a síntese bitextual sobre a qual se estrutura a comédia. Há por trás de seu contexto metadiscursivo e autoparódico, subliminar, aliás, a toda a dramaturgia maiakovskiana, uma dupla orientação textual capaz de promover a natureza sério-cômica de seu teatro e de colocar em questão, por meio desse jogo autorreflexivo, o enunciado e o próprio ato de enunciação. Daí

---

[29] A expressão "rir através das lágrimas" teria sido empregada pela primeira vez por Púchkin para caracterizar o humor de Gógol na novela *Proprietários de terra à moda antiga* (ver N. Khardjiev, *op. cit.*, p. 231), e foi referida pelo próprio Gógol no romance *Almas mortas* e na peça *À saída do teatro depois da representação de uma nova comédia* (para esta última, ver *Nikolai Gógol: teatro completo*, organização e tradução de Arlete Cavaliere, São Paulo, Editora 34, 2009).

a impressão de que a figura do artista, do artesão da palavra, do ser político, social e moral se imiscuem na tessitura do texto de Maiakóvski.

### EMBATE COM O FUTURO

Maiakóvski escreveu suas últimas grandes peças de teatro — O *percevejo* e Os *banhos* — apenas no final da década de 1920, onze anos, portanto, após a sua primeira versão de *Mistério-bufo*.

Há quem veja no protagonista de O *percevejo*, Prissípkin, a imagem reflexa do próprio dramaturgo no final da vida. A peça é um dos textos em que o poeta expressa sua eterna aversão pelos costumes pequeno-burgueses. Trata-se, na verdade, de uma reflexão em tom grotesco e fantástico (o subtítulo assim a qualifica: "Comédia fantástica em nove cenas") sobre o desenvolvimento da vida e da cultura soviéticas a partir da época da NEP (Nova Política Econômica), instaurada por Lênin por volta de 1921-22, quando a Rússia se abre a um breve período de livre mercado, favorecendo o comércio privado e o lucro como forma de substituir o "comunismo de guerra" e de combater a fome que assolava o país.

A peça mostra a história do operário Prissípkin, que abandona a sua classe para se casar com a filha de um cabeleireiro, a manicure e caixa Elzevira Davídovna Renaissance, o que lhe traria certamente uma vida mais refinada e confortável depois das privações da guerra civil. Renega assim os seus companheiros proletários, muda seu nome para Pierre Skrípkin (de "skripka", violino em russo) e despreza a namorada operária Zoia Beriózkina, que se suicida por amor. O casamento pomposo na loja dos Renaissance no final da primeira parte da peça termina com um grande incêndio, no

186                                            Arlete Cavaliere

qual morrem todos os convivas, com exceção de Prissípkin, que fica congelado pelos jatos d'água dos bombeiros.

A segunda parte da comédia se passa no ano de 1979, numa sociedade do futuro racional e calculista, cinquenta anos depois do congelamento de Prissípkin. Este é encontrado numa barra de gelo, e o Instituto das Ressurreições Humanas resolve descongelá-lo. Com ele é descongelado também um percevejo, que surge inesperadamente de seu colarinho.

Com seu violão, seus trajes do passado, seu linguajar e suas maneiras "grosseiras", Prissípkin deixa horrorizado aquele mundo do futuro, onde o amor, o *fox-trot*, a vodca, enfim os prazeres triviais, não têm mais sentido porque representam um passado decadente, superado pela sociedade planificada e racional do futuro soviético.

Prissípkin não quer ser curado dessas "doenças". Resiste, mas seus micróbios são considerados perigosos e ele acaba enjaulado e exposto num jardim zoológico a uma multidão que vem de todas as partes, inclusive do Brasil, para observar o prodígio. Sua única consolação é a presença do amado percevejo, recordação reconfortante dos velhos tempos, que lhe faz companhia na jaula.

O diretor do jardim zoológico apresenta ao final os dois parasitas: "São dois de tamanhos diferentes, mas idênticos na substância: trata-se dos célebres *cimex normalis* e *philisteus vulgaris*. Ambos habitam os colchões mofados do tempo. O *cimex normalis*, após empanturrar-se e embriagar-se do corpo de um só homem, cai embaixo da cama. O *philisteus vulgaris*, após empanturrar-se e embriagar-se do corpo da humanidade inteira, cai na cama. Esta é a única diferença!".[30]

---

[30] Ver V. Maiakóvski, *Pólnoie sobránie sotchiniénii* [*Obras completas*], tomo XI, Moscou, Khudójestvennaia Literatura, 1958. A edição brasileira de O *percevejo* (tradução de Luís Antonio Martinez Corrêa, cotejo com o original russo e posfácio de Boris Schnaiderman, São Paulo,

O teatro de Maiakóvski: mistério ou bufo?

Prissípkin se contrapõe a esse futuro incolor, insosso e sem paixão, no qual o amor é visto como um micróbio nocivo e destrutivo. Não pretende fazer parte daquele mundo de pretensa perfeição, onde, aparentado ao percevejo, é capturado e preso numa jaula para exposição. "Ao diabo vocês e vossa sociedade! Não fui eu que pedi que me ressuscitassem. Recongelem-me!", desespera-se, mantendo-se fiel a seus ideais e preceitos do passado.

A solidão e o sofrimento do protagonista diante de um mundo "racional" e impassível são postos agora em primeiro plano, e Maiakóvski, a transbordar mais uma vez um eu-lírico subjetivado, clama por ajuda e compaixão, revirando os matizes de significação do texto: "Cidadãos! Irmãos! Meus caros! Mas de onde vêm vocês? Quantos são? Quando os descongelaram? Mas por que só eu devo ficar na jaula? Irmãos, meus caros! Por que me deixam sofrer sozinho? Cidadãos!".

Muito se tem discutido sobre a apreensão ideológica final da peça. O crítico A. M. Ripellino chegou a salientar: "Com sua ambiguidade a comédia nos deixa na dúvida: é verdade que a grosseria filisteia sobrepujou os ideais da revolução, mas o futuro do comunismo não é mais consolador do que o presente. Quem seria capaz de resistir num consórcio tão puritano e tedioso?".[31]

Não há como negar no último Maiakóvski uma crítica irônica aos rumos que tomava a construção de um mundo novo. Há quem também considere a imagem final de Prissípkin a expressão da própria frustração do poeta, isolado entre seus contemporâneos, atacado pelos críticos de todos

---

Editora 34, 2009) foi base para o espetáculo que estreou no Rio de Janeiro, no Teatro Dulcina, em junho de 1981 e, em São Paulo, no Teatro Sesc-Pompeia em 1983.

[31] Ver A. M. Ripellino, *op. cit.*, p. 179.

os lados, vítima da incompreensão perante um contexto soviético que o acusava cada vez mais de ser um artista "incompreensível para as massas".

Se à primeira vista a gênese poético-cênica de O *percevejo* parece estabelecer vinculações com a tessitura dramática de *Mistério-bufo*, é possível detectar na contraposição dialética de formas e estilos com que Maiakóvski estrutura sua peça de 1929 uma espécie de releitura crítico-paródica de um tempo-espaço histórico e estético, posto agora sob indagação.

Dessa forma, o "herói" Prissípkin e o poeta-personagem de *Vladímir Maiakóvski, uma tragédia* adquirem, por meio da hiperbolização do sistema metafórico do texto, uma dualidade constitutiva matizada pela coexistência do trágico e do cômico, da qual emerge a figura desdobrada do poeta-artista como profeta e, ao mesmo tempo, como louco, bufão e *clown*.

Mas resta nessa rebelião maiakovskiana, em nome da felicidade, do amor e da liberdade (essenciais para o homem-artista Maiakóvski), uma fé inquebrantável no futuro, única solução do poeta para todas as suas contradições como ser social ou como artista.

Em sua última criação teatral, *Os banhos*, também escrita em 1929 e encenada por Meyerhold em 1930, pouco antes do suicídio de Maiakóvski, a visão do tempo-espaço futuro e da imortalidade através da ressurreição retornam aqui como imagens recorrentes de uma mitologia poética a expressar o único sucedâneo possível para o tempo-espaço do presente.

Cabe ao personagem Tchudakov, nome não por acaso derivado do substantivo "tchudak" (homem excêntrico, original ou extravagante, da raiz "tchudo", que significa prodígio, maravilha, milagre), a invenção de uma máquina do tempo, figuração renovada da arca de *Mistério-bufo*. Este

O teatro de Maiakóvski: mistério ou bufo?

herói, criador de um artefato miraculoso que pode adiantar e apressar o tempo, parece prefigurar a própria concepção maiakovskiana da arte como única possibilidade de superação do tempo e da vitória sobre sua marcha contínua ("o poeta deve apressar o tempo").

Graças à construção da máquina prodigiosa, base da efabulação de *Os banhos*, se concretiza a encarnação da "mulher fosforescente", personagem que chega do futuro, em tom profético e capaz de libertar o tempo presente das malhas de um bando de burocratas e de um sistema estatal emperrado, personificados na figura grotesca do "camarada" Pobedonóssikov, obstáculo quase intransponível para um porvir auspicioso, que será cuspido da máquina do tempo em companhia de seus asseclas: uma nova moldagem da turma dos "puros" de *Mistério-bufo*.

À figura feminina, fantástica e poética, imagem fosforescente do futuro irmanada ao excêntrico inventor de prodígios, cabe reverter o tempo para transformar não apenas o presente, mas também o passado, lançando os bem-aventurados e os sonhos da utopia para um longínquo ano de 2030.

Como bem apontou Jakobson,[32] para Maiakóvski, o futuro que ressuscita os homens do presente não é apenas um procedimento poético, não é apenas motivo de um entrelaçamento bizarro de planos narrativos, mas, talvez, o mito mais secreto do poeta.

---

[32] Roman Jakobson relata que Maiakóvski, já nos anos 1920, estava fascinado pela teoria geral da relatividade, a liberação da energia, a problemática do tempo e a questão de se saber se uma velocidade que ultrapassa o raio de luz não constitui a marcha inversa do tempo. E cita uma curiosa conversa entre eles: "E você não pensa", pergunta o poeta a Jakobson, "que é desse modo que adquiriremos a imortalidade? Mas eu estou inteiramente convencido de que não mais existirá morte. Farão ressuscitar os mortos. Vou procurar um físico que me explique o livro de Einstein ponto por ponto". Ver R. Jakobson, *op. cit.*, p. 115.

## Cosmogonia artística

Apesar de Maiakóvski ter passado para a história oficial soviética como poeta emblemático do regime, seu teatro foi silenciado por muito tempo, o que indica a complexidade de seus textos e a dificuldade de enquadramento em padrões ideológicos rígidos e simplistas.

A dramaturgia e a obra maiakovskianas como um todo, a par das vinculações temáticas ou ideológicas com o momento histórico no qual se inserem, devem ser analisadas a partir de uma perspectiva que leve em conta a sua rica contribuição no campo da poética e da estética teatral. Nesse sentido, em todo o seu teatro observa-se a mesma busca de uma nova linguagem teatral vinculada aos preceitos estéticos que presidiam toda a experimentação que marcava os diversos campos artísticos no período das vanguardas.

É curioso que, durante muito tempo, a crítica soviética tenha imposto a ideia de que a obra pré-revolucionária de Maiakóvski seria "imatura", enquanto o seu ápice criativo estaria nos textos "revolucionários" da década de 1920. Outra visada crítica[33] considera, ao contrário, que o verdadeiro valor do poeta encontra-se em seus textos escritos antes da Revolução, e que o melhor de sua obra estaria ligado às propostas estéticas do cubofuturismo. Assim, seus textos de encomenda, seus artigos assertivos, muitos deles ligados à propaganda política, seriam desprovidos de talento e teriam perdido, com o passar do tempo, muito de seu impacto e de seu brilho.

De fato, não me parece que essa compartimentalização da obra maiakovskiana deva orientar a justa reflexão crítica.

---

[33] Ver A. M. Ripellino, "Releer Maiakóvski", em *Sobre literatura rusa: itinerario a lo maravilloso*, Barcelona, Barral Editores, 1970.

O teatro de Maiakóvski: mistério ou bufo?

É possível apreender, como se viu, uma organicidade e uma linha estética evolutiva que articulam os diversos momentos e as diferentes injunções históricas a que sua criação esteve submetida.

O mundo poético maiakovskiano está marcado de modo geral pela visão hiperbólica, que dilata e transforma de forma irônica, frequentemente cômica e parodística, a sua visão do homem e dos objetos, elementos e arquiteturas que o rodeiam.

Assim, desde o princípio, mesmo em seus textos mais líricos e subjetivos, a polêmica social já está presente, mas por meio de uma série de deformações hilariantes que marca a sua obra como um todo: a sua obsessão por figuras obesas, que aparecem também em vários de seus próprios desenhos e caricaturas, constitui um traço distintivo.

Além disso, metáforas excêntricas das quais irrompem, com frequência, criaturas desprezadas, desesperadas, doentes e abandonadas, procedem inclusive em suas últimas peças de uma modulação visual, própria da pintura cubofuturista, assimilando seus procedimentos, suas cores, suas decomposições geométricas, herdadas, certamente, das transfigurações do simbolismo. Daí a constante experimentação poética, mesmo em seus textos dramatúrgicos, com a materialidade do signo verbal, com o aspecto sonoro e tangível da palavra e com os jogos verbais burlescos e abstratos, que nos remetem ao campo da linguagem do grotesco e às próprias investigações linguísticas dos formalistas russos, inspiradas, em certo sentido, na fragmentação do objeto e no abstracionismo pictórico.

Mas a comicidade resultante é, na maioria das vezes e principalmente em suas últimas produções, tensa e atormentada, caindo continuamente no trágico, ainda que sob a máscara de uma "comédia fantástica" (*O percevejo*), ou de um "drama com circo e fogos de artifício" (*Os banhos*). Resta, por isso mesmo, em seus últimos textos, certa ambivalência angustiante, ainda que cômica: o anseio da justiça e da crítica social e a busca obsessiva pela transformação do mundo revelam, em contrapartida, a imagem da solidão profunda e da incapacidade de inserir-se na pequenez do consórcio humano. A saída é golpear o futuro, encarnar o futuro para a plenitude absoluta da existência, fruto do impulso criador para um futuro transformado.

As hipérboles e sonoridades dilatadas, os jogos verbais deformantes, soam, talvez, como gritos contra a solidão e o sofrimento daquele mesmo eu-lírico que já se vinha esboçando desde *Vladímir Maiakóvski, uma tragédia*.

No entanto, não se pode esquecer, como parece evidente, que surge também no teatro maiakovskiano um riso que afunda suas raízes na tradição cultural popular (em especial no teatro de feira, no teatro de marionetes com suas arlequinadas cômicas), o qual está ligado àquele autêntico riso festivo popular que acentua a visão carnavalesca e cômica do mundo.

Maiakóvski e toda a sua geração estiveram muito voltados à cultura popular, à tradição pictórica dos ícones, à tradição oral das canções, ditos e provérbios do saber popular, mesmo quando sua utilização se fez através de procedimentos da estilização e da paródia.

Assim, a obra dramática de Maiakóvski apresenta, ao lado das experiências mais modernas no âmbito dramatúrgico e cênico, o aproveitamento da tradição do teatro popular: o humor grosseiro do teatro de feira, o ritmo frenético circense com seus palhaços e bufões de máscaras grotescas, os expedientes de variados *clowns* e seus truques espetaculares, como a viagem no tempo, as ressurreições no futuro, os fogos de artifício, enfim, tudo isso nos leva a uma aproximação com as figuras e imagens das comédias populares e com as formas do cômico popular da praça pública.

O teatro de Maiakóvski: mistério ou bufo?

As figuras estilizadas dos puros e dos impuros, a algazarra festiva e ritualística do casamento de Prissípkin, ou os "heróis" burocratas e caricatos jogados na máquina do tempo prodigiosa (capaz de os enviar em poucos segundos para um tempo futuro), fazem parte de uma mesma cosmogonia artística conformada por um conjunto de procedimentos estéticos que permite manipular e transformar os sistemas semióticos que constituem uma dada cultura: as regras da sintaxe social, da sintaxe dos objetos ou, ainda, da sintaxe da língua, são sistematicamente invertidas por Maiakóvski.[34]

Nesse sentido, o poeta reencontra também todo o filão de autores cômicos do século XIX, como Gógol, Ostróvski, Saltikov-Schedrin e mesmo Tchekhov e Blok, de cujas imagens e personagens cômicas e grotescas há em sua dramaturgia inúmeras correspondências. Por exemplo, o sistema criativo de Maiakóvski de fazer corresponder os nomes próprios de seus personagens às suas características físicas ou comportamentais, trabalhando-os a fim de desnudar a sua própria essência semântica e sonora, e criando, assim, máscaras perfeitas para os personagens, nos remete de imediato aos procedimentos da escritura gogoliana. Da mesma maneira, o aproveitamento de todo o chamado "gênero baixo" da literatura jornalística, todo o material da atualidade não literária, a anedota oral cotidiana extraída das formas da linguagem coloquial e da realidade imediata das ruas com suas gírias e modismos, tudo isso nos conduz à "gesticulação sonora", de acordo com a formulação de Boris Eikhenbaum.[35]

O que Maiakóvski rejeita de modo ostensivo é o teatro

---

[34] Ver, a propósito da politização do *clown* em Maiakóvski, Claudine Amiard-Chevrel, "La cirquisation du théâtre chez Maïakovski", em *Du cirque au théâtre*, Lausanne, L'Âge d'Homme, 1983.

[35] Ver Boris Eikhenbaum, "Como é feito 'O capote' de Gógol", em *Teoria da literatura: formalistas russos*, Porto Alegre, Globo, 1971.

naturalista, com suas análises psicológicas e suas minúcias. Daí com frequência a sua sátira veemente ao Teatro de Arte de Moscou e ao "sistema" teatral de Stanislávski. Basta lembrar o prólogo de *Mistério-bufo*:

> "[...]
> Para os outros teatros
> representar não é importante:
> para eles o palco é
> o buraco da fechadura.
> Sentado, calado, passivo,
> de frente ou de banda,
> você espia a vidinha alheia.
> Espia e vê
> cochichar no sofá
> tias Machas e tios Vânias.
> A nós não interessam
> nem tios nem tias,
> tia e tio você tem em casa.
> Nós também vamos mostrar a vida real,
> mas transformada
> num extraordinário espetáculo teatral."

Ou, então, o terceiro ato de *Os banhos*, no qual a ação e os personagens são, inesperadamente, transportados para o palco de um teatro onde se assiste aos ensaios de uma pretensa comédia. Com o recurso da metalinguagem, do teatro dentro do teatro, o que se esboça ali é uma irreverente paródia ao teatro realista tradicional.

Na poética teatral maiakovskiana, texto dramático e procedimentos cênicos formam uma unidade inseparável em função de uma determinada estratégia. Não é por acaso que toda a atividade teatral de Maiakóvski esteve pautada pelas experimentações cênicas de V. Meyerhold.

O teatro de Maiakóvski: mistério ou bufo?

A estilização, a paródia, o grotesco, a estrutura de vinhetas e quadros destacados adequavam-se perfeitamente à estética teatral de Meyerhold, que, por sua vez, tragava da linguagem cinematográfica e da teoria eisensteiniana da montagem a tendência à desarticulação em fragmentos rítmicos, amontoando os acontecimentos numa sucessão de breves episódios, muitas vezes contrastantes.

Tanto Maiakóvski quanto Meyerhold, servindo-se de deslocamentos, cores, truques e de toda a experimentação que o palco moderno lhes oferecia, puderam transformar a arte teatral num dos fenômenos artísticos mais instigantes de todo o movimento das vanguardas russas, abrindo perspectivas para a criação de uma nova linguagem artística, marcada por uma renovada aliança entre a palavra e a imagem e pela inter-relação entre as diversas artes — traço, aliás, fundamental de nossa contemporaneidade.

# SOBRE O AUTOR

Vladímir Vladímirovitch Maiakóvski nasce a 19 de julho de 1893 na aldeia de Bagdadi, na Geórgia, filho do inspetor florestal Vladímir Konstantínovitch Maiakóvski e de Aleksandra Aleksêievna. Em 1904, aos onze anos, conclui o ginásio em Kutaíssi, cidade para a qual sua família se transferira. Lá, torna-se um leitor apaixonado de romances de aventura. No ano seguinte, na esteira da revolução frustrada de 1905, trava seus primeiros contatos com os movimentos de esquerda: participa de manifestações e lê jornais e panfletos socialistas.

Em 1906, falece o pai de Maiakóvski, o que obriga a família a mudar-se para Moscou em condições de extrema penúria. O menino Vladímir ingressa numa escola moscovita, onde tem dificuldade para se adaptar. Segue, porém, com suas leituras, e acaba abandonando os estudo em 1908, mesmo ano em que se filia ao Partido Operário Social-Democrata Russo, ligando-se à sua ala bolchevique. Em 1909, é preso numa tipografia clandestina, e mais uma vez no ano seguinte, por participar de um plano de evasão de detentas. Ao sair da prisão, dedica-se às artes plásticas, e em 1911 ingressa na Escola de Pintura, Escultura e Arquitetura. Lá, torna-se amigo do pintor e poeta David Burliuk (1882-1967). Mais tarde, Maiakóvski apontaria esse encontro como o nascimento do futurismo russo.

Publica em 1912 seu primeiro poema, "Noite". Surge também *Bofetada no gosto do público*, manifesto do cubofuturismo assinado por Maiakóvski e Burliuk, além de Aleksei Krutchônikh (1886-1968) e Velimir Khliébnikov (1885-1922). Toma parte em discussões públicas, leituras de poemas e outras atividades que marcaram a deflagração do futurismo russo. No ano seguinte, engaja-se em diversas polêmicas, ao desafiar o realismo da época. Em 1914, é expulso, juntamente com Burliuk, da Escola de Pintura, Escultura e Arquitetura, por se recusar a abandonar a campanha de agitação a favor do futurismo. Com a eclosão da Primeira Guerra Mundial, passa por um momento de entusiasmo patriótico, chegando a se apresentar como voluntário no exército; é no entanto recusado por suspeição política. Visita Górki em 1915, mesmo ano em que se estabelece em Petrogrado. Conhece o crítico literário Óssip Brik, por cuja esposa Lília acaba se apaixonando. Em outubro, é convocado, mas desta vez se recusa a ir para a linha de frente, fazendo-se passar por desenhista a fim de permanecer na capital.

Em 1917, com a Revolução de Fevereiro, toma parte ativa nos acontecimentos e adota uma posição política semelhante à dos bolcheviques. A exemplo dos demais membros do grupo cubofuturista, aceita plenamente a Revolução de Outubro. Em 1918, escreve diversos poemas revolucionários, participa como ator em filmes e escreve argumentos para cinema. No fim do ano, é montada a primeira versão de *Mistério-bufo*, com direção de Vsiévolod Meyerhold (1874-1940). O espetáculo provoca forte oposição nos meios teatrais e é suspenso depois de apenas três sessões.

Transfere-se em 1919 para Moscou e ingressa na ROSTA (Agência Telegráfica Russa), onde redige versos para cartazes e frequentemente também os desenha. Em 1920, trabalha na reelaboração de *Mistério-bufo*, cuja nova versão é apresentada no ano seguinte, ainda sob direção de Meyerhold. Em 1922, viaja pelo Ocidente e escreve a autobiografia *Eu mesmo*.

Em 1923, organiza a revista *LEF* (*Frente Esquerda das Artes*), que deveria aliar arte revolucionária e luta por transformação social. Nela colaboram, entre outros, Serguei Eisenstein (1898-1948), Boris Pasternak (1890-1960) e Isaac Bábel (1894-1940). Entre 1924 e 1927, viaja pela União Soviética e pelo exterior, passando por diversos países, entre eles os Estados Unidos, que inspiram o livro em prosa *Minha descoberta da América*. No mesmo período, lança a *Nóvi LEF* (*Nova LEF*) e escreve diversos roteiros para cinema. Um deles dá origem à peça *O percevejo*, que estreia em 1929. Escreve *Os banhos*, sua última obra para teatro, que é montada no ano seguinte.

Em 1930, adere à RAPP (Associação Russa dos Escritores Proletários). É inaugurada a exposição "Vinte anos de atividade de Maiakóvski", ocasião em que novos debates são suscitados e o poeta é duramente atacado pelo público e hostilizado pela crítica. A fase de depressão é agravada por sucessivas afecções da garganta. Termina o poema "A plenos pulmões" e suicida-se com um tiro, em 14 de abril.

# SOBRE A TRADUTORA

Arlete Cavaliere é professora titular de Teatro, Arte e Cultura Russa no curso de graduação e pós-graduação no Departamento de Letras Orientais da Faculdade de Filosofia, Letras e Ciências Humanas da Universidade de São Paulo. É mestre e doutora em Teoria Literária e Literatura Comparada pela mesma instituição, com pesquisas sobre a prosa de Nikolai Gógol e a estética teatral do encenador russo de vanguarda Vsiévolod Meyerhold. Organizou com colegas docentes da universidade publicações coletivas como a revista *Caderno de Literatura e Cultura Russa* (2004 e 2008) e os livros *Tipologia do simbolismo nas culturas russa e ocidental* (2005) e *Teatro russo: literatura e espetáculo* (2011). É autora de *O inspetor geral de Gógol/Meyerhold: um espetáculo síntese* (1996) e *Teatro russo: percurso para um estudo da paródia e do grotesco* (2009). Publicou diversas traduções, entre elas *O nariz e A terrível vingança*, de Gógol (1990), volume no qual assina também o ensaio "A magia das máscaras", e *Ivánov*, de Anton Tchekhov (1998, com Eduardo Tolentino de Araújo, tradução indicada ao Prêmio Jabuti). Pela Editora 34, publicou *Teatro completo*, de Gógol (2009, organização e tradução), *Mistério-bufo*, de Vladímir Maiakóvski (2012, tradução e ensaio), e *Dostoiévski-trip*, de Vladímir Sorókin (2014, tradução e ensaio), além de participar como tradutora da *Nova antologia do conto russo* (2011), escrever o texto de apresentação da coletânea *Clássicos do conto russo* (2015) e organizar a *Antologia do humor russo* (2018).

Este livro foi composto em Sabon pela Bracher & Malta, com CTP e impressão da Edições Loyola em papel Pólen Soft 80 g/m² da Cia. Suzano de Papel e Celulose para a Editora 34, em julho de 2020.